DER STERBENDE PLANET

CARLSEN COMICS
Lektorat: Uta Schmid-Burgk, Joachim Kaps,
Andreas C. Knigge, Marcel Le Comte
2. Auflage 11.–12. Tsd. Oktober 1997

Aus dem Französischen von Harald Sachse
LA SOURCE ET LA SONDE

Lettering: Gerhard Förster
Druck und buchbinderische Verarbeitung:
Casterman, Tournai

ISBN 3-551-72191-2
Printed in Belgium

CYANN – TOCHTER DER STERNE

DER STERBENDE PLANET

Idee: François Bourgeon und Claude Lacroix
Text und Zeichnung: François Bourgeon

CARLSEN VERLAG

Claude Lacroix, geboren 1944, veröffentlichte als Zwanzigjähriger erste Cartoons und arbeitete als Zeichner und Szenarist u. a. für »Pieds Nickelés«, »Métal Hurlant« und »Pilote«. Nach einem Szenario von Génin zeichnete er die Serie »Yann le Migrateur«, und unter dem Pseudonym Tartempion veröffentlichte er »L'Homme au chapeau mou«. Außerdem ist er als Journalist und Illustrator tätig. Der zweibändige SF-Roman »Cyann – Tochter der Sterne« ist seine erste Zusammenarbeit mit François Bourgeon.

François Bourgeon, 1945 in Paris geboren, arbeitete zunächst als Glasmaler und begann 1971 als Illustrator bei der Zeitschrift »Lisette«, für die ein Jahr später sein erster Comic entstand. Seinen Durchbruch als Comic-Zeichner erlebte Bourgeon 1979, als der erste Band seiner Serie »Reisende im Wind« (Carlsen) erschien, mit dem er das Prinzip des sich über mehrere Alben erstreckenden, epischen Comic-Romans etablierte. Auf diese fünfbändige Erzählung, die mit dem Prix Alfred ausgezeichnet wurde, folgte 1984 das Fantasy-Märchen »Gefährten der Dämmerung« (Carlsen). Mit »Cyann – Tochter der Sterne« wendet er sich in Zusammenarbeit mit dem SF-Spezialisten Claude Lacroix erstmals der Gestaltung künftiger Welten zu.

NEIN!!

YALL
YALL
NIEMALS!

HOPP!

HOPP!!
SPLATSCH
Na, Püppchen !?... Wie wär's mit 'ner kleinen Nummer im Regen ?
Hast du das gesehen ?!... Dieses Luder !
Also... das sind nicht die Schlappen, die man dem erstbesten an die Rübe wirft. Das...
OH!!
D... da ! Das Zeichen der Olsimar !
Fotro ! Das ist ja 'n Ding !... Aber wer blickt da noch durch, wenn sich schon die jungen Majo wie Rundärsche benehmen ?
Ich will doch wegen so was nicht meinen Job verlieren ! Du gehst jetzt da rauf, bringst das Ding zurück und bittest um Entschuldigung ... Bei deiner Kugel werden sie bestimmt ein Auge zudrücken !

OJE!
YALL...YALL...
YALOR!
YALOOOrrr...?
Oh! Scheiße...
Alarm im Bezirk Alt-Olh!
Verstanden!... Unruhen in Mediwest. Wir fliegen hin!... Steuern Lichtstrahl an, mit Zugriff auf ID-Kartei!
5

Schon wieder die Poulmars !!! Hinter so einer Sauerei mitten in der Stadt können nur die deO stecken ...
Zwei ! ... Drei ! ... Da bewegt sich was. Automatische Verfolgung über aktivierte ID ... Versuchen, das verdächtige Individuum zu orten.
Alle Codes löschen, und ...
PLOFF !
... Weg damit !
PLOCK !
Viel Spaß, ihr Bullen ! ... Ihr habt die ganze Nacht Zeit zum Lachen !
Wenn ihr meine ID wieder rausfischt, holt euch damit einen runter und denkt an mich !
6

EK!
YAL!
YAL!
EK!
EK!
EK!
EK!
EK!
EK!
EK!
EK!
EK!
EK!
EK!
EK!
EK!
Nacara! Wach auf, Nacara!
Weißt du, wie spät es ist ?!!
Hab ich dir nicht gesagt, daß du in meinem Tann nichts zu suchen hast ?!
Hörst du nicht, was deine Freundin für einen Krach macht ?
Müßt ihr mich denn jedesmal aus dem Bett holen, wenn ihr Cyann verscheuchen wollt ?

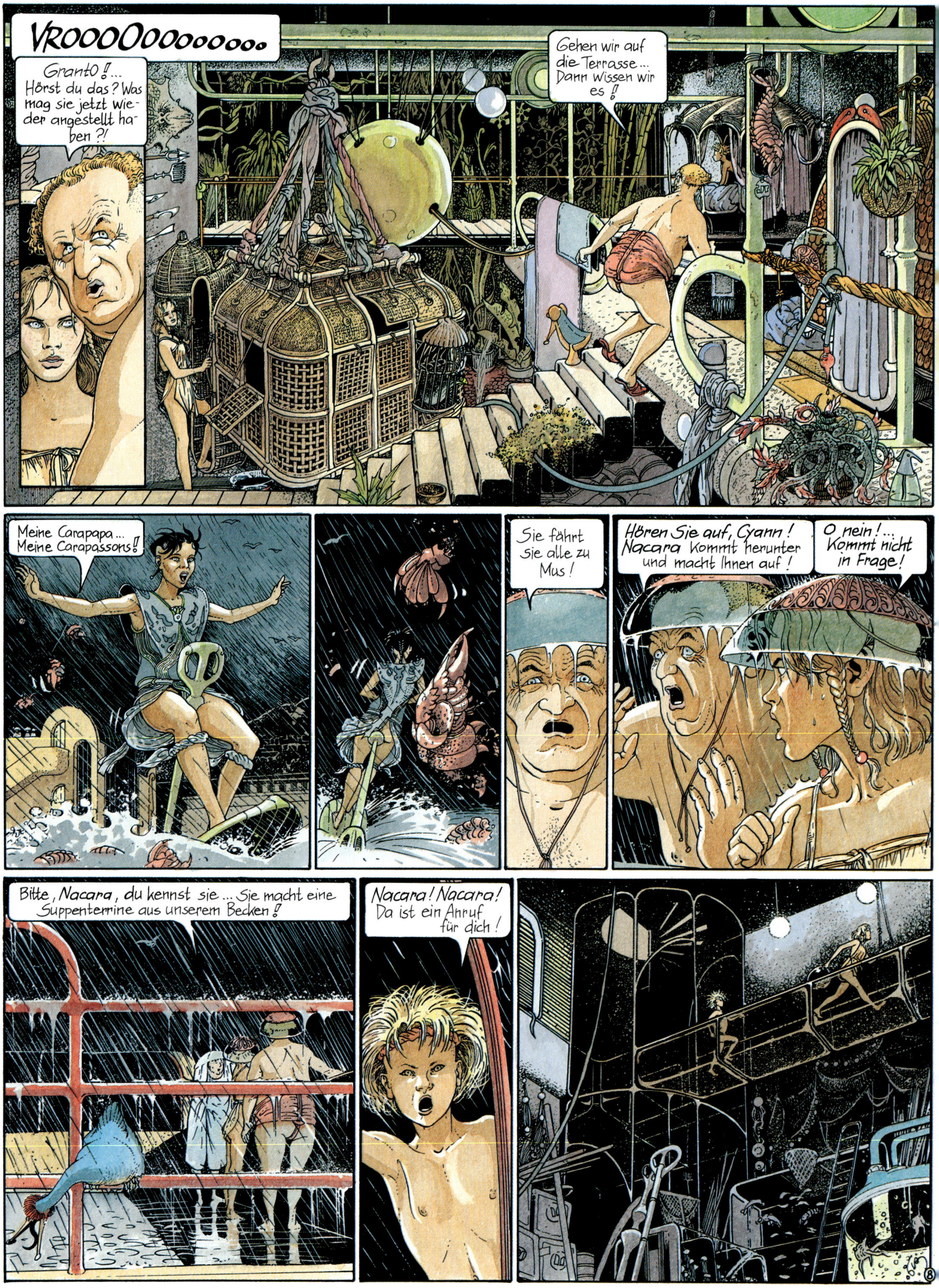
VROOOOOOOOOOOO
Granto!... Hörst du das? Was mag sie jetzt wieder angestellt haben?!
Gehen wir auf die Terrasse... Dann wissen wir es!
Meine Carapapa... Meine Carapassons!
Sie fährt sie alle zu Mus!
Hören Sie auf, Cyann! Nacara kommt herunter und macht Ihnen auf!
O nein!... Kommt nicht in Frage!
Bitte, Nacara, du kennst sie... Sie macht eine Suppenterrine aus unserem Becken!
Nacara! Nacara! Da ist ein Anruf für dich!

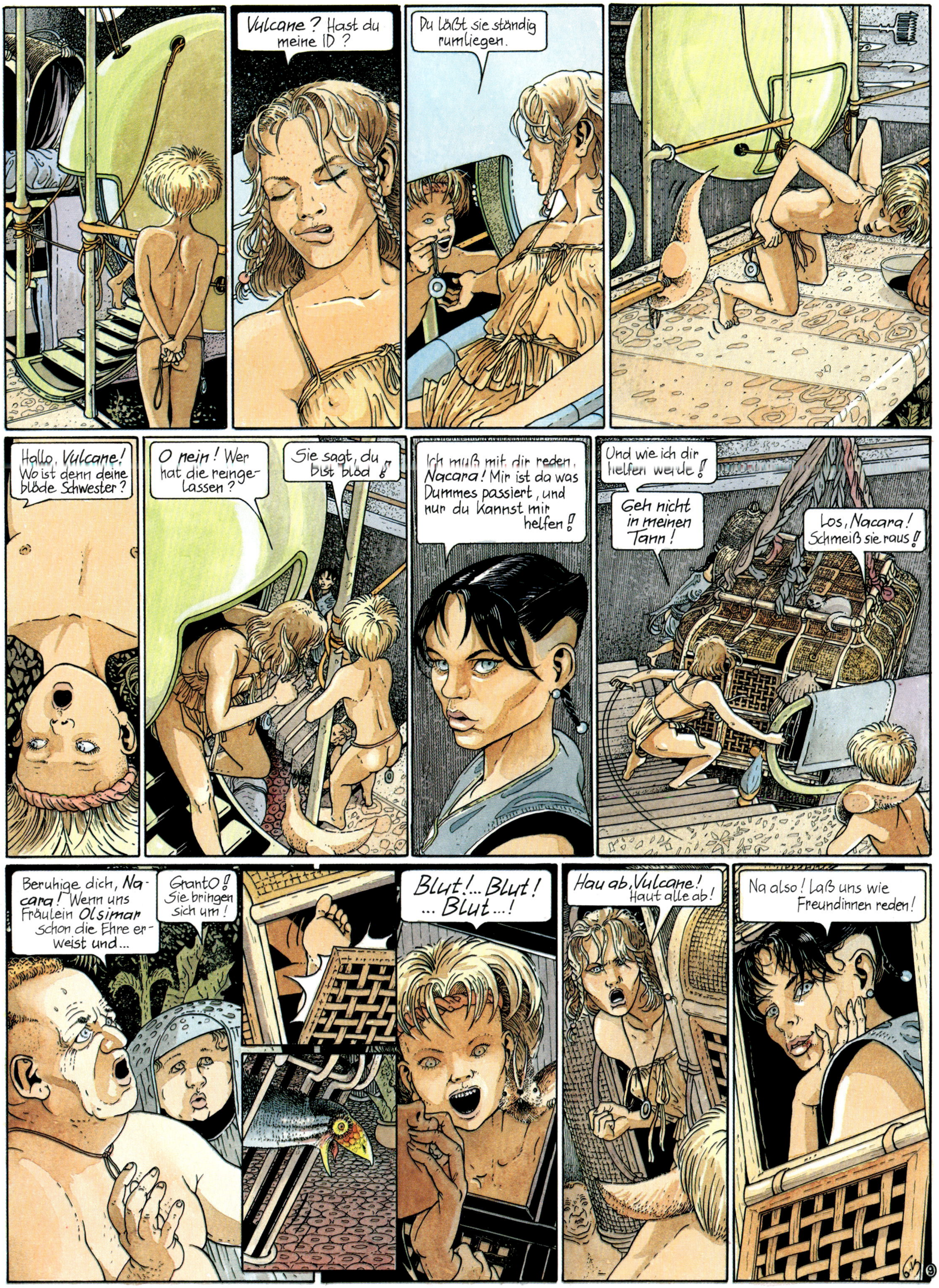
Vulcane? Hast du meine ID?
Du läßt sie ständig rumliegen.
Hallo, Vulcane! Wo ist denn deine blöde Schwester?
O nein! Wer hat die reingelassen?
Sie sagt, du bist blöd!
Ich muß mit dir reden, Nacara! Mir ist da was Dummes passiert, und nur du kannst mir helfen!
Und wie ich dir helfen werde!
Geh nicht in meinen Tann!
Los, Nacara! Schmeiß sie raus!
Beruhige dich, Nacara! Wenn uns Fräulein Olsiman schon die Ehre erweist und...
Granto! Sie bringen sich um!
Blut!... Blut! ... Blut...!
Hau ab, Vulcane! Haut alle ab!
Na also! Laß uns wie Freundinnen reden!

Schon gut, wir gehen... Sie können diese Furie besser bändigen als wir, Fräulein Olsimar!
Aber ja, aber ja...
Deine Alten können einen ganz schön nerven!
Was willst du? Du bringst sie um die Früchte von drei Monaten harter Arbeit, und sie stehen nur da und lächeln dich an!
Ich beklage mich ja gar nicht... Ich finde sie eher drollig!
Mach dich nur lustig über sie, Cyann. Wärst du an den Mino-Becken geboren, würdest du genauso feige und unterwürfig darauf hoffen, irgendwann einmal eine Ebene höher steigen zu dürfen!... Wir heißen ThilvarO, Cyann!
Habe ich mich je über das O hinter deinem Namen lustig gemacht?... Und niemand hat etwas gegen deinen Vater! So, wie es aussieht, kann er die Wasserflächen der Medio-Becken bekommen, auf die er so scharf ist, und sich ThilovarO nennen!
Na wunderbar!... Ich heiße dann ThilOvaro und meine Nachkommen ThilOvar... Bis zur nächsten Sprosse der Leiter!
Glaubst du, die Olsimar hätten diese Leiter nicht erklommen?
Du bist als Rundkopf geboren, Cyann! Man hat dich auf den Gipfel gelegt, du mußtest nichts dafür tun!
Genau darum fürchte ich mich ja so vor dem Absturz... Erinnerst du dich an ilO?
ilO?... Das ist elementarste Kolonial-Kosmographie!... Wie könnte ich vergessen haben, daß dieser Planet, von dem man seit den Grenzkriegen nichts mehr gehört hat, einst von der ach so großen, edlen, angesehenen, mächtigen und gefürchteten Familie Olsimar entdeckt und erschlossen worden ist!!!... Das wolltest du doch hören, oder?
Nein!... Ich wüßte gern, ob es noch regnet...
... und ob du mich auf eine kleine Reise begleiten würdest...

Lächerlich!
...Du kommst auf Ideen! Was hast du im cLOs verloren?
In seinem Bestreben, es allen recht zu machen, hat mich mein armer Vater Rubi dort bereits sechs Kurse absolvieren lassen. Ich fand sie ziemlich öde, aber du hättest mit Sicherheit Depressionen bekommen!
Die kriege ich nur, wenn ich allein schlafe, aber ich würde den deO schon beibringen, was ein Platz in meinem Bett wert ist!
Die Dienste des „O" sind anders als die von „Cyann". Der bOrn würde niemals zulassen, daß du mit einem Schwarm von Verehrern herumschwirrst.

Hast du vielleicht eine bessere Idee ?.. Ich würde alles akzeptieren, wenn ich nur Olh und das Grenzland nicht verlassen muß !
iLO liegt mitten im Zentrum der Wilden Planeten ! Wie soll ich dort eine Expedition hinführen ? Wären wir nicht ständig zusammen unterwegs gewesen, hätte ich doch niemals gelernt, ein Raumschiff zu steuern ...
Psst !
Psst !
Ruhe da !
Blödsinn, Cyann !... Du wärst auch allein zurechtgekommen ! Und ich will dir noch etwas sagen ...
... Du hast vielleicht eine große Klappe geerbt und einen Körper, der sogar Tote betört, aber du hast auch einen Namen geerbt ! Wenn dein Vater dich braucht, kannst du nicht kneifen !... Auch das heißt, eine Olsimar zu sein !
Du redest, als würdest du dafür bezahlt.
Red keinen Unsinn ! Diese Reise nach iLO ist die Chance deines Lebens ! Oder willst du den Rest deiner Tage damit zubringen, die Sammlung deiner Liebhaber zu vervollständigen ?
Fahr du doch nach iLO, wenn du so scharf darauf bist ! Deine Freunde werden dich kaum zurückhalten.
Irgendwann sagst du mal ein Wort zuviel !
Schon gut, ich halt den Mund ... Aber dann hörst du auf, die große Schwester zu spielen !
Gehen wir baden ?
PLATSCH !
Was ist ? Kommst du ?

Hör bloß auf!... Du weißt sehr gut, daß ich einen Horror davor habe, hier zu baden! Selbst im tiefen Wasser gibt es immer einen, der einem zwischen die Beine rutscht!
Weiter kommt aber auch keiner in diesem Zustand... Wetten, daß ich jeden durch Anfassen erkennen kann?
Und ich soll tauchen, um nachzusehen, wie?... Du hast sie wirklich nicht alle! Als wüßtest du nicht, wie gefährlich es ist, in diesen Gewässern zu baden!
Die Gefahren hier reichen mir! Schon seit Generationen weiß man nichts mehr von iLO und möglichen Überlebenden... Warum sollte ich dort krepieren, wo man doch hier so schön sterben kann?
Dann stirb doch! Ich fahre zurück...
Jaja, schon gut. Zieh mich rauf!
Du träumst doch so gern von großen Abenteuern...
...Komm rein und erlebe ein kleines mit mir!
Gut!... Dann spielen wir eben dein idiotisches Spiel!
Aber wenn ich danach etwas anderes vorschlage...
Versuch nicht, dich zu verdrücken!!!
13

Da! Ich habe einen! ... Ich glaube, es ist Ocron!
... Nein! Es ist Topazon FramOe!
Das wäre das erste Mal, daß du einen Jungen an seinem Kopf erkennst!
Sehr witzig!!!... Sieh doch nach! Los, worauf wartest du?
Darauf, daß wir den Wetteinsatz festlegen!
BRRR...

Und !?... Habe ich gewonnen ?

PSCHHHHH...
FRRrrrtschiiii!
FRrrrrrtschiiii!!!
PSCHHH...
TSCHECK TSCHECK
Der Kampf der Fridjis und der Vlous um die Körner des Enfilier ist ein Schauspiel, das ich mir nie entgehen lasse.
Deine Liebe zum Viehzeug werde ich nie begreifen!
Weil du nur das Interesse begreifst, das man an Cyann hat!
Du wolltest mir doch zeigen, wie man an den Majo-Becken Knoten bindet!
Was?... Sag bloß... Da muß ich besoffen gewesen sein! Stell dir den Skandal vor, wenn du dich wie eine Majo anziehen würdest!

Außerdem hätte ich fast gewonnen !!... Wenn ich die beiden Brüder nicht verwechselt hätte ...
Willst du schon wieder wortbrüchig werden ?
Ich !!!? Du spinnst !
Ich bedaure nur, daß wir um die ILO-Expedition gewettet haben ! Ich glaube kaum, daß ich die Gelegenheit haben werde, meinem Vater deine Ideen vorzutragen.
Falls er mich anhört, wird er einsehen müssen, daß ihn mein Vorschlag aus einer äußerst mißlichen Lage befreit !
Er wird dich nicht mal empfangen !
Doch!

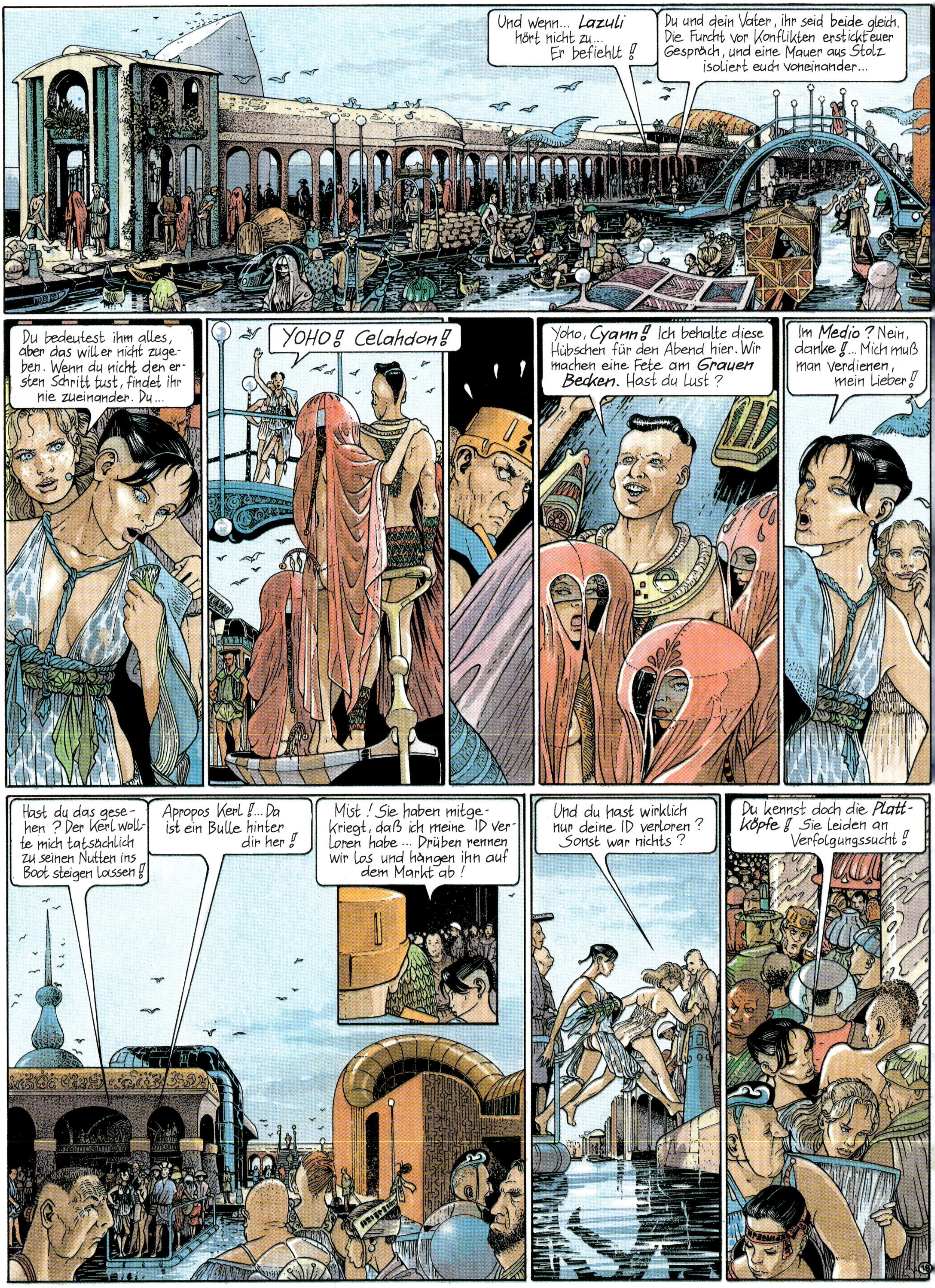

Und wenn... Lazuli hört nicht zu... Er befiehlt!
Du und dein Vater, ihr seid beide gleich. Die Furcht vor Konflikten erstickt euer Gespräch, und eine Mauer aus Stolz isoliert euch voneinander...
Du bedeutest ihm alles, aber das will er nicht zugeben. Wenn du nicht den ersten Schritt tust, findet ihr nie zueinander. Du...
YOHO! Celahdon!
Yoho, Cyann! Ich behalte diese Hübschen für den Abend hier. Wir machen eine Fete am Grauen Becken. Hast du Lust?
Im Medio? Nein, danke!... Mich muß man verdienen, mein Lieber!
Hast du das gesehen? Der Kerl wollte mich tatsächlich zu seinen Nutten ins Boot steigen lassen!
Apropos Kerl!... Da ist ein Bulle hinter dir her!
Mist! Sie haben mitgekriegt, daß ich meine ID verloren habe... Drüben rennen wir los und hängen ihn auf dem Markt ab!
Und du hast wirklich nur deine ID verloren? Sonst war nichts?
Du kennst doch die Plattköpfe! Sie leiden an Verfolgungssucht!

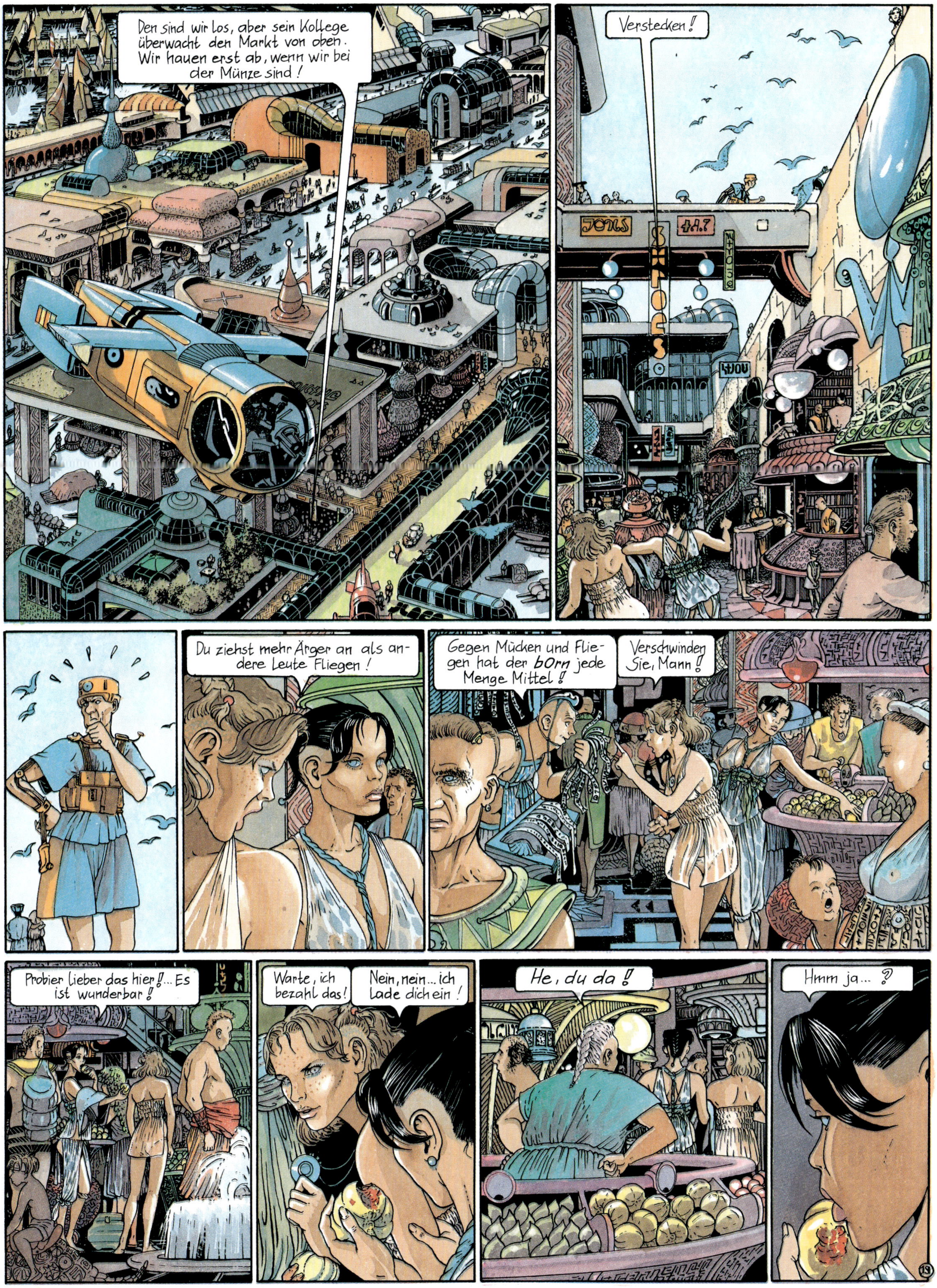
Den sind wir los, aber sein Kollege überwacht den Markt von oben. Wir hauen erst ab, wenn wir bei der Münze sind!
Verstecken!
Du ziehst mehr Ärger an als andere Leute Fliegen!
Gegen Mücken und Fliegen hat der born jede Menge Mittel!
Verschwinden Sie, Mann!
Probier lieber das hier!... Es ist wunderbar!
Warte, ich bezahl das!
Nein, nein... ich lade dich ein!
He, du da!
Hmm ja...?

Ach... Sie sind das, Fräulein Olsimar!... Gu... Guten Tag, Fräulein Olsimar!
Efft ifft fon verrückt, wie die Leute miff lieben! Iff muff nie waff bepfahlen!
Wart's nur ab... Eines Tages werden sie vor Lazuli Olsimar keine Angst mehr haben...
...und dir so viele Kerne in den Arsch stecken, wie du ihnen Obst gestohlen hast!
...So lange, bis du platzt!
Manchmal bist du richtig vulgär!
Jedem das seine, Süße! Wenn du Freunde mit Niveau haben willst, nimm sie nicht mit in den Mino!
Wir haben Zeit. In zehn Minuten regnet es Bindfäden!
Wie jeden Tag zu dieser Jahreszeit. Seit wann hast du Angst vor Regen?
Wir hätten warten können, bis die Sonne wieder da ist!
Warum versuchst du, Zeit zu schinden? Die Entscheidung ist doch gefallen! Am Ende muß ich annehmen, du fürchtest deinen Vater noch mehr als die anderen!
20

Schön ... Gehen wir rein, oder werden wir Wurzeln schlagen?
Bitte, noch einen Moment ...
Psst ... Fräulein ...
Ja, ja, der gehört mir ... Ich wußte gar nicht, daß ich sie verloren habe !
Aber was soll ich damit? ... Behalten sie ihn, bis sie auch den anderen gefunden haben !
Bist du bald fertig mit dem Getue? Deine Verbeugungen machen ihn auch nicht lebendig !
Der Gruß an einen Toten ist nur der Versuch, behutsam Abschied zu nehmen!
Ich wünschte, Colbato hätte nie existiert!
Er hat mir die Zuneigung meines Vaters geraubt ... Und jetzt soll ich ihn ersetzen !
Du tust beiden unrecht ... Gibt es überhaupt jemanden, dem du nicht unrecht tust?
Er ist sehr müde, mein Fräulein! Er hatte wieder einen Fieberanfall ... Sie können nicht vor heute nachmittag zu ihm.
Hmm ... eine Patrouille hat das hier abgegeben. Vielleicht gehört es Ihnen.
21

Kurz vor seinem Tod hatte **Colbato** bis zu fünfzehn Anfälle pro Tag.
Er war zart, aber dein Vater hat eine andere Konstitution! Ich glaube kaum, daß er uns so bald verläßt.
Trotzdem merkwürdig... Kannst du mir sagen, warum Frauen vom **Purpurfieber** verschont bleiben?
Die Frauen und die deO!... Ebenso Gläubige, die regelmäßig den bOrn aufsuchen!
He...! Vielleicht werden ihnen da die Eier abgeschnitten!

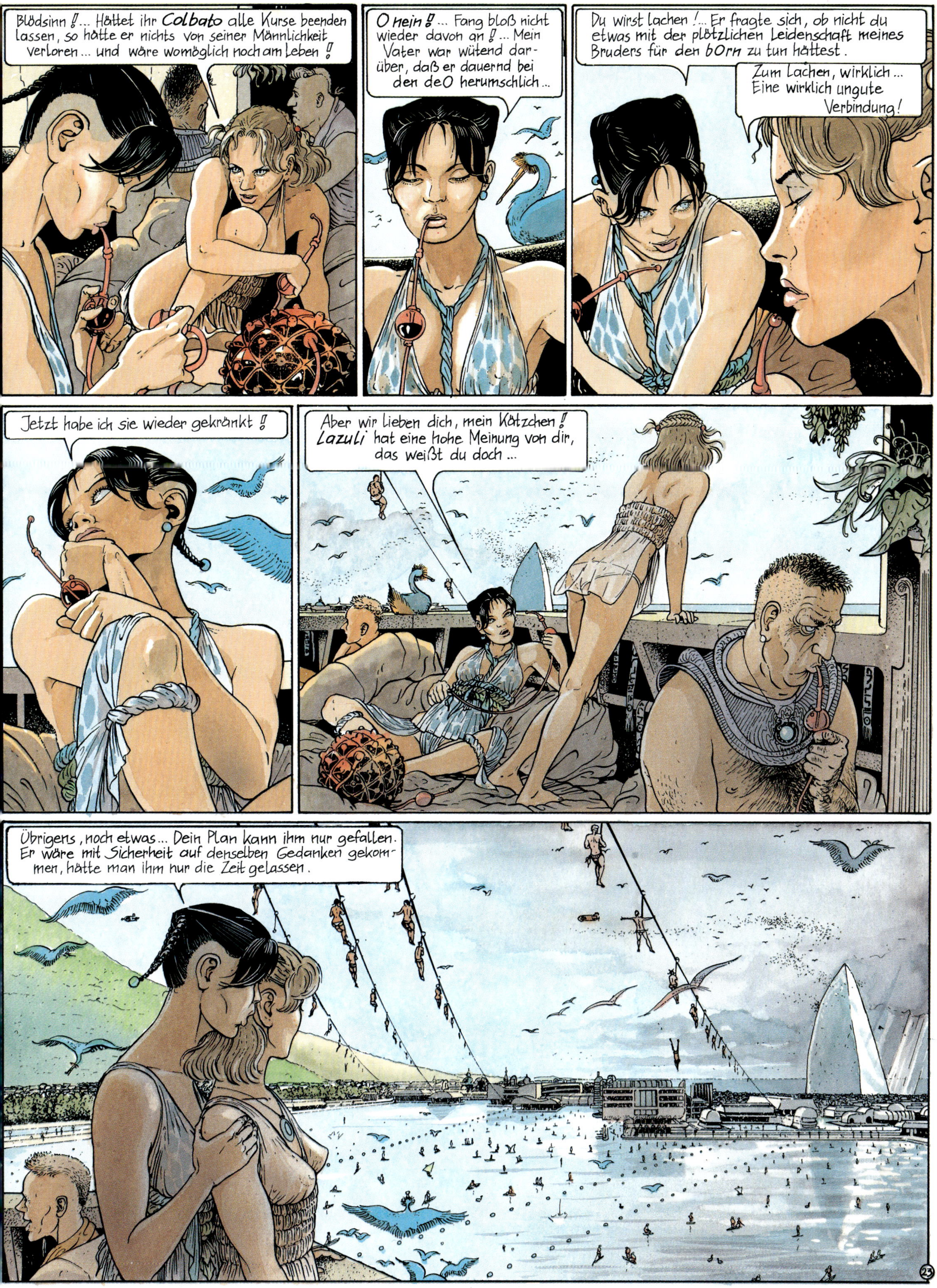
Blödsinn !... Hättet ihr Colbato alle Kurse beenden lassen, so hätte er nichts von seiner Männlichkeit verloren ... und wäre womöglich noch am Leben !
O nein !... Fang bloß nicht wieder davon an !... Mein Vater war wütend darüber, daß er dauernd bei den deO herumschlich ...
Du wirst lachen !... Er fragte sich, ob nicht du etwas mit der plötzlichen Leidenschaft meines Bruders für den bOrn zu tun hättest.
Zum Lachen, wirklich ... Eine wirklich ungute Verbindung!
Jetzt habe ich sie wieder gekränkt !
Aber wir lieben dich, mein Kätzchen ! Lazuli hat eine hohe Meinung von dir, das weißt du doch ...
Übrigens, noch etwas ... Dein Plan kann ihm nur gefallen. Er wäre mit Sicherheit auf denselben Gedanken gekommen, hätte man ihm nur die Zeit gelassen.
23

NEIN!

NIEMALS!

... Solange ein Olsimar lebt, verzichten wir nicht !
Die Krankheit zehrt an mir ... Sie hat meinen Sohn getötet und wird eure töten ! ... Aber wir müssen kämpfen !
Die Grenzkriege haben die Verbindung meiner Familie mit iLO zerstört ...
... Doch es wachsen dort viele seltene Pflanzen, und ich bin sicher, die Forscher des bOrns würden dort ein Mittel finden, das die Ausbreitung des Purpurfiebers aufhält.
Der alte Fuchs versucht, uns einzuwickeln.
Zugleich wirft er uns vor, daß wir noch nichts gefunden haben.
Der Tod hat uns Colbato entrissen, während er eine Expedition nach iLO vorbereitete. Aber diese Reise wird stattfinden ! Ich selbst bin zu schwach, aber ich werde mein Vermögen einsetzen ...
Sollte sich der alte Olsimar dazu durchgerungen haben, uns sein Gebiet zu überlassen ?
Man versichert mir, daß der bOrn die Kosten der Expedition allein tragen könnte, wenn ich ihm meine Rechte und Konzessionen abtrete ... Man erinnert mich auch daran, daß es Mitgliedern der sOnde aus Gründen der Machtbeschränkung verboten ist, sich untereinander zu verbünden ... Und man will mich davon überzeugen, daß das clOs, das auf iLO eine Enklave besaß, am besten den Planeten erforschen könnte !
25

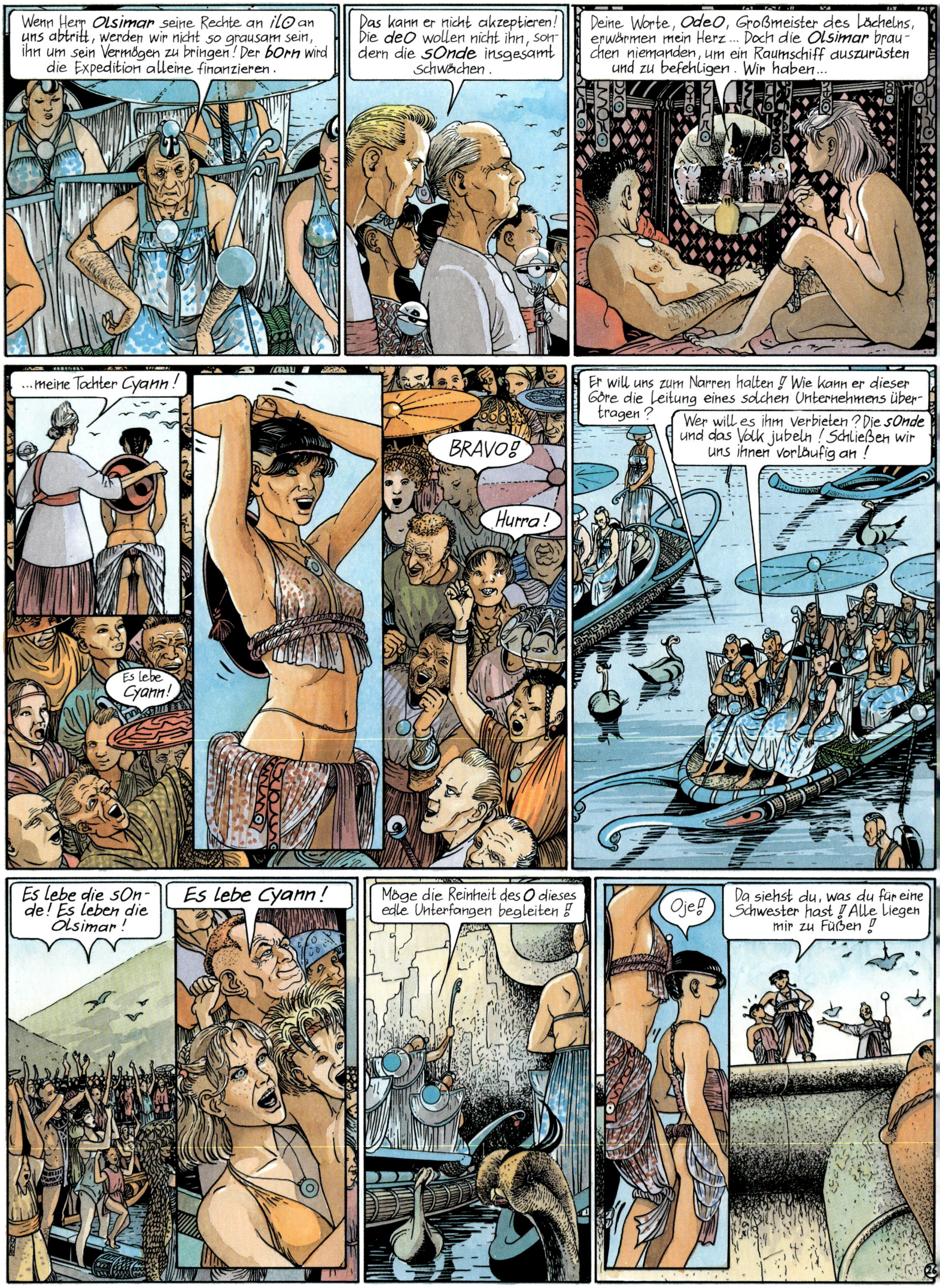
Wenn Herr Olsimar seine Rechte an iLO an uns abtritt, werden wir nicht so grausam sein, ihn um sein Vermögen zu bringen! Der bOrn wird die Expedition alleine finanzieren.
Das kann er nicht akzeptieren! Die deO wollen nicht ihn, sondern die sOnde insgesamt schwächen.
Deine Worte, OdeO, Großmeister des Lächelns, erwärmen mein Herz ... Doch die Olsimar brauchen niemanden, um ein Raumschiff auszurüsten und zu befehligen. Wir haben...
... meine Tochter Cyann!
BRAVO!
Hurra!
Es lebe Cyann!
Er will uns zum Narren halten! Wie kann er dieser Göre die Leitung eines solchen Unternehmens übertragen?
Wer will es ihm verbieten? Die sOnde und das Volk jubeln! Schließen wir uns ihnen vorläufig an!
Es lebe die sOnde! Es leben die Olsimar!
Es lebe Cyann!
Möge die Reinheit des O dieses edle Unterfangen begleiten!
Oje!
Da siehst du, was du für eine Schwester hast! Alle liegen mir zu Füßen!

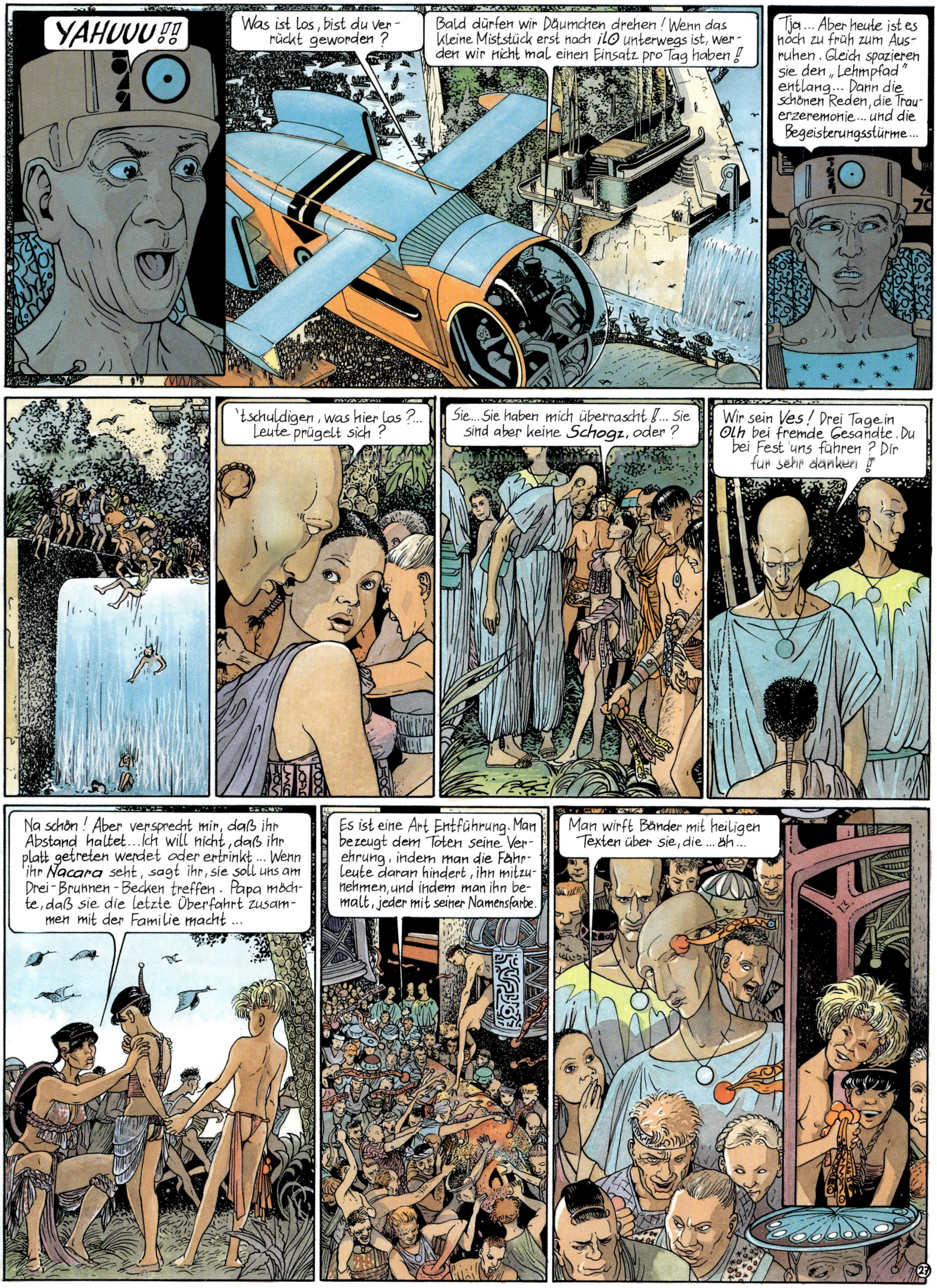
YAHUUU !!
Was ist los, bist du verrückt geworden?
Bald dürfen wir Däumchen drehen! Wenn das kleine Miststück erst nach iLO unterwegs ist, werden wir nicht mal einen Einsatz pro Tag haben!
Tja ... Aber heute ist es noch zu früh zum Ausruhen. Gleich spazieren sie den „Lehmpfad" entlang ... Dann die schönen Reden, die Trauerzeremonie ... und die Begeisterungsstürme ...
'tschuldigen, was hier los?... Leute prügelt sich?
Sie ... Sie haben mich überrascht! ... Sie sind aber keine Schogz, oder?
Wir sein Ves! Drei Tage in Olh bei fremde Gesandte. Du bei Fest uns führen? Dir für sehr danken!
Na schön! Aber versprecht mir, daß ihr Abstand haltet ... Ich will nicht, daß ihr platt getreten werdet oder ertrinkt ... Wenn ihr Nacara seht, sagt ihr, sie soll uns am Drei-Brunnen-Becken treffen. Papa möchte, daß sie die letzte Überfahrt zusammen mit der Familie macht ...
Es ist eine Art Entführung. Man bezeugt dem Toten seine Verehrung, indem man die Fährleute daran hindert, ihn mitzunehmen, und indem man ihn bemalt, jeder mit seiner Namensfarbe.
Man wirft Bänder mit heiligen Texten über sie, die ... äh ...
27

Die Fährleute!... Es sind nur sechs, aber genug, um den Weg zu versperren, damit ihn der Verstorbene nicht mehr benutzen kann... Ist die Menge eifrig, kann das Spiel mehrere Stunden dauern...
Aber am Ende gewinnen immer die Fährleute, und der Leichenzug bewegt sich zum Drei-Brunnen-Becken. Dort legt das Totenschiff ab, zu einer Reise ohne Wiederkehr.
Weiß Nacara wenigstens Bescheid?
Vulcane und Azuree suchen sie... Es ist sehr nett... Ich meine, es ist sehr feinfühlig von dir, Nacara zu erlauben, mit uns...
Ich denke, für den weiteren Fortgang des Programms ist es besser, wenn Nacara öfter bei uns gesehen wird... Das ist alles!
Immer mußt du alles verderben!

Die Familie verläßt das Totenschiff, bevor es in der Schleusenkammer ist.
Ich geh jetzt auch! Olsimar ist wütend, weil Azuree und ich Nacara nicht rechtzeitig gefunden haben.
Pff!... Das dauert!
Sind ein paar Minuten für deinen Bruder zuviel verlangt?... Ich bin schon enttäuscht, daß deine Freundin Nacara...
Laß Nacara, wo sie ist... Erst tust du alles, um sie von Colbato fernzuhalten, und jetzt, wo es dir paßt, befiehlst du, daß sie mit uns zusammen um ihn trauert!

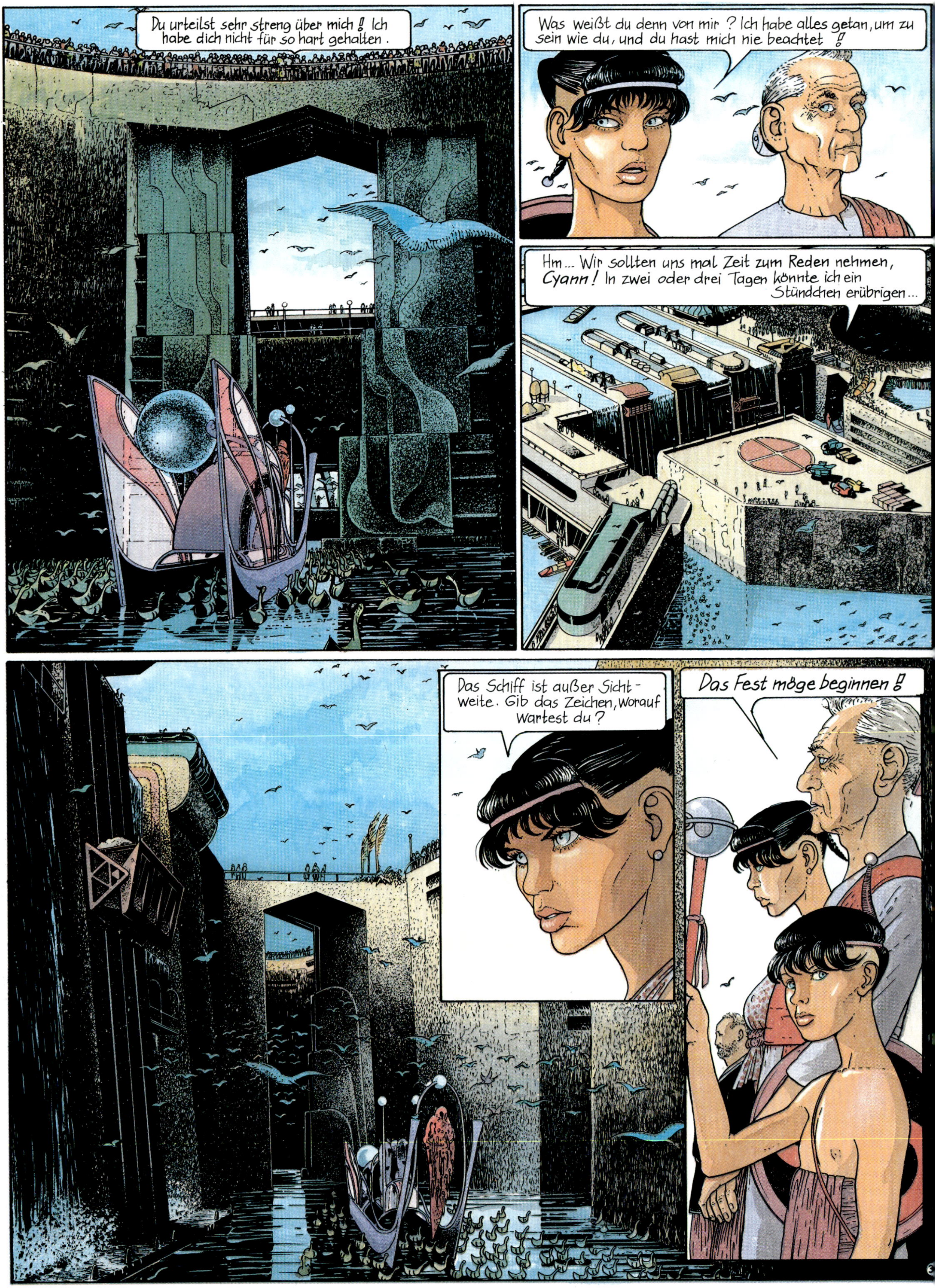

Du urteilst sehr streng über mich ! Ich habe dich nicht für so hart gehalten.
Was weißt du denn von mir ? Ich habe alles getan, um zu sein wie du, und du hast mich nie beachtet !
Hm... Wir sollten uns mal Zeit zum Reden nehmen, Cyann ! In zwei oder drei Tagen könnte ich ein Stündchen erübrigen...
Das Schiff ist außer Sichtweite. Gib das Zeichen, worauf wartest du ?
Das Fest möge beginnen !

Ein bißchen schneller ... Wir haben schon die Hälfte versäumt ...
Und ...
... Hopp !

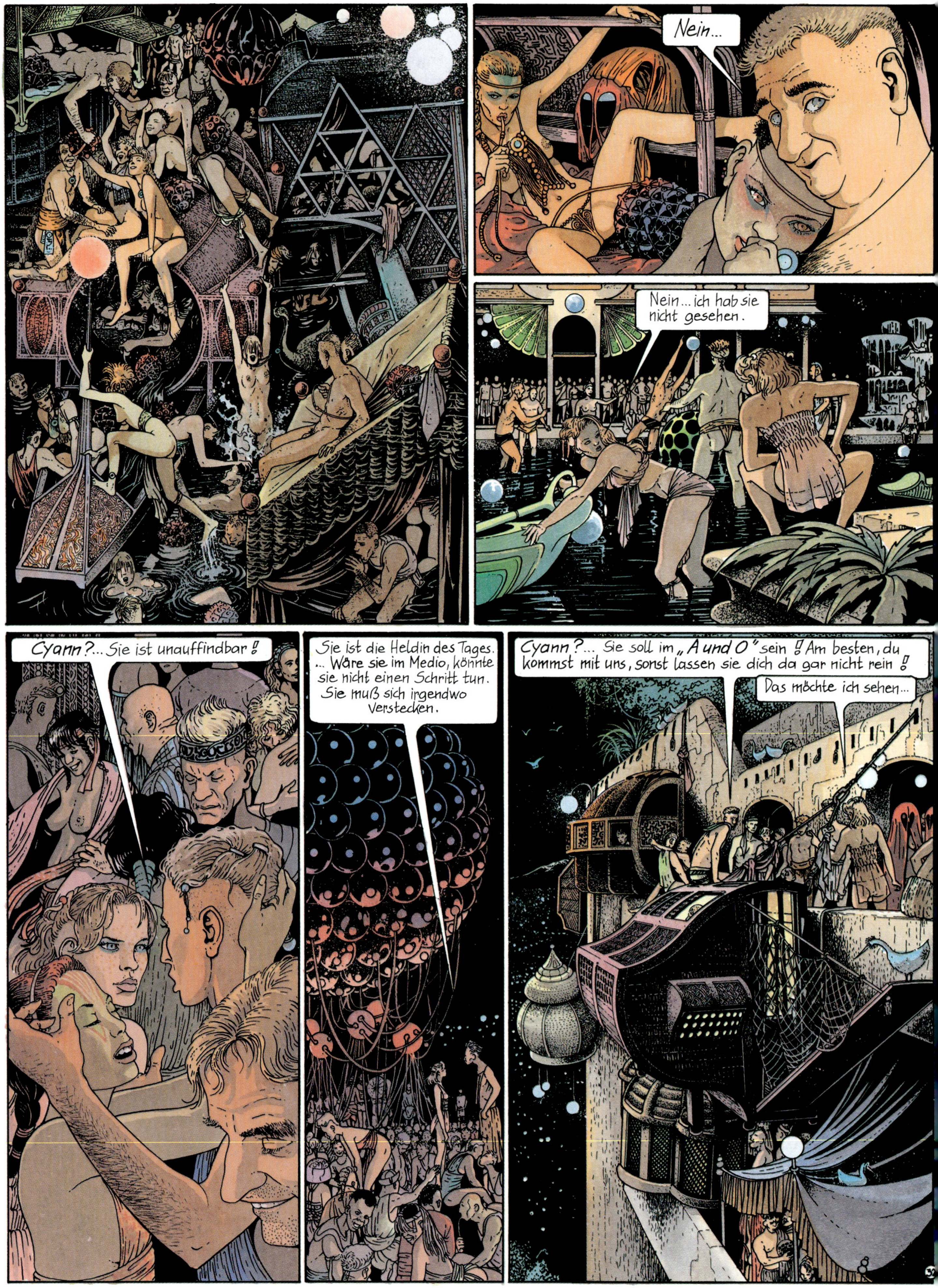

Nein...
Nein... ich hab sie nicht gesehen.
Cyann?... Sie ist unauffindbar!!
Sie ist die Heldin des Tages. ... Wäre sie im Medio, könnte sie nicht einen Schritt tun. Sie muß sich irgendwo verstecken.
Cyann?... Sie soll im „A und O" sein!! Am besten, du kommst mit uns, sonst lassen sie dich da gar nicht rein!
Das möchte ich sehen...

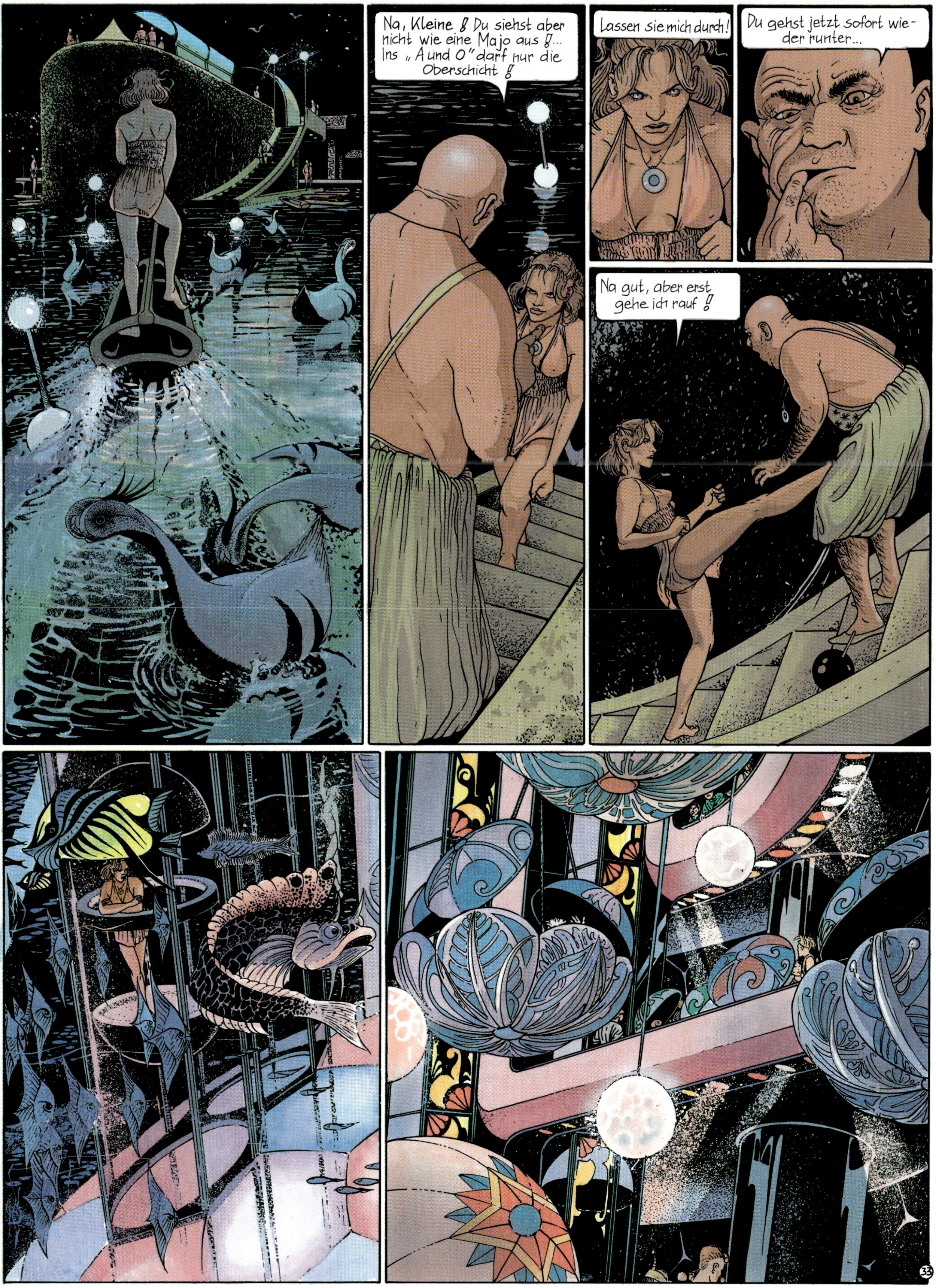
Na, Kleine ! Du siehst aber nicht wie eine Majo aus !... Ins „A und O" darf nur die Oberschicht !
Lassen sie mich durch!
Du gehst jetzt sofort wieder runter...
Na gut, aber erst gehe ich rauf !
33

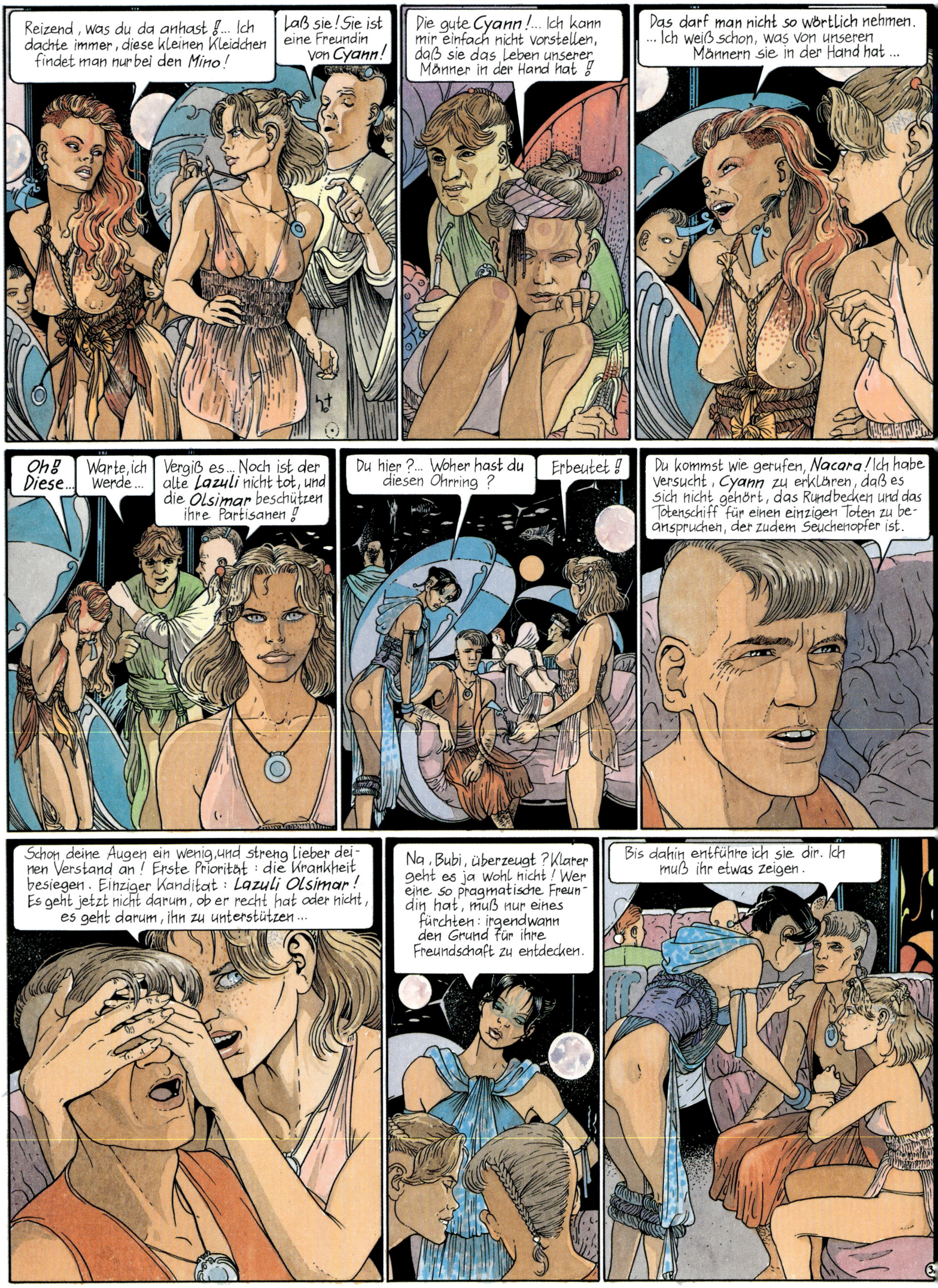
Reizend, was du da anhast!... Ich dachte immer, diese kleinen Kleidchen findet man nur bei den Mino!
Laß sie! Sie ist eine Freundin von Cyann!
Die gute Cyann!... Ich kann mir einfach nicht vorstellen, daß sie das Leben unserer Männer in der Hand hat!
Das darf man nicht so wörtlich nehmen. ... Ich weiß schon, was von unseren Männern sie in der Hand hat ...
Oh! Diese...
Warte, ich werde...
Vergiß es... Noch ist der alte Lazuli nicht tot, und die Olsimar beschützen ihre Partisanen!
Du hier?... Woher hast du diesen Ohrring?
Erbeutet!
Du kommst wie gerufen, Nacara! Ich habe versucht, Cyann zu erklären, daß es sich nicht gehört, das Rundbecken und das Totenschiff für einen einzigen Toten zu beanspruchen, der zudem Seuchenopfer ist.
Schon deine Augen ein wenig, und streng lieber deinen Verstand an! Erste Priorität: die Krankheit besiegen. Einziger Kanditat: Lazuli Olsimar! Es geht jetzt nicht darum, ob er recht hat oder nicht, es geht darum, ihn zu unterstützen...
Na, Bubi, überzeugt? Klarer geht es ja wohl nicht! Wer eine so pragmatische Freundin hat, muß nur eines fürchten: irgendwann den Grund für ihre Freundschaft zu entdecken.
Bis dahin entführe ich sie dir. Ich muß ihr etwas zeigen.

Sie halten schon drei Minuten aus. Ich habe alles auf den zweiten Taucher gesetzt, aber wie auch immer, wer als Letzter in der Luftschleuse auftaucht, verbringt die Nacht in meinem Tann.
Als würde das Purpurfieber nicht schon genug umbringen !! Diese gefährlichen Wetten sind strengstens verboten, Cyann! Stell dir vor, was passiert, wenn die Feinde deines Vaters erfahren, daß du so etwas organisierst !!
Du gehst mir auf den Geist !! Langsam glaube ich auch, daß es richtig war, diesen Ort für Medio und die Rundärsche zu verbieten !!
Probleme?
Nein, nein !!... Meine Freundin verträgt keinen Alkohol !!
Ist auch besser so... Mein Kollege auf der Südtreppe ist eben erst von einer Bande Krassos zusammengeschlagen worden! ... Ich hatte schon Angst, daß sie...
Sie werden nicht dafür bezahlt, daß Sie Angst haben! Und wenn Ihr Kollege behauptet, er hätte an den Majo-Becken Krassos gesehen, war er noch besoffener als meine Freundin!
Oder er hat das Fieber und will nicht, daß jemand davon erfährt!
35

Okay, du hast gewonnen ! Ist schon irre, wie schnell du wieder fit bist !
Wenn du mich heute nacht nicht geschlagen hättest ...
... Ach, übrigens, was ich dir noch sagen wollte...
... du wirst mich nie wieder schlagen !

Na Los!... Was riskierst du schon? Du kannst mich nicht mal enttäuschen, ich habe nie etwas von dir erwartet!
Gib nicht so an!... Deine Angeberei macht mich krank!
Spiel bloß nicht die Beleidigte! Das geht mir auf die Nerven!
Hast du sie nicht mehr alle?... Weißt du eigentlich, was für eine Angst du mir eingejagt hast?... Ich bin wirklich bereit, dir zu helfen, aber wenn du nicht aufhörst, mich fertigzumachen, tut bald nur noch dein Vater so, als ob er an dich glaubt...
Leck mich! Ihr seid alle gleich! Ihr seht die Bestie, und sie fasziniert euch, aber so richtig Spaß macht es euch, wenn ihr das Dompteurkostüm überstreift.
Mach doch, was du willst! Der Dompteur verzieht sich!
37

Es gibt was zu essen. Ich habe ein paar Eier ausgegraben ...
Keinen Hunger!
Man fürchtet die sOnde und ihre großen Familien noch immer, aber man respektiert sie nicht mehr ... Verstehst du das?
Natürlich! Wenn ich dich ansehe ...
Du hast auch deine Fehler! ... Aber während du in bezug auf diese Reise nichts von mir erwartest, erwarten die anderen alles!
Tag für Tag trage ich ihre Hoffnungen und werde zur Kämpferin für die Sache eines ganzen Volkes, das mich haßt.
Sie lieben dich nur weniger, als du dich liebst! Du fällst immer von einem Extrem ins andere.

Tagui! Tagui! Tagou!... Na komm, mein Kleiner...
?
Ein tolles Fest, Frollein! Das war schon wer, Ihr Bruder!
Die Toten sind tot ... aber wir... wir leben!
Da sind schon zwei, die dich lieben!
Danke, aber mit denen hab ich nichts zu tun!
Ich würde mir viel lieber den Dreckskerl vorknöpfen, der das da geschrieben hat... Vor der Epidemie gab es nirgends solche Schmierereien gegen meine Familie!
Kommt zu den Heiligen Brunnen! Steigt alle Monde hinauf zum bOrn. Das O lindert die Schmerzen, das O besiegt das Fieber!
Hör dir diesen Kasper an!
Die deO schaden niemandem. Und wenn sie früher auch meinten, die Macht der sOnde begrenzen zu müssen, haben sie sie doch immer unterstützt, wenn es darum ging, die Interessen von OLh gegen das Imperium zu verteidigen...
Unser Ruf und unser Reichtum gründen sich auf ihre unglaublichen Kenntnisse der Pflanzenwelt... Ob es einem gefällt oder nicht, sie sind die wahrhaften Garanten für das Gleichgewicht und die Blüte unseres Planeten, und ohne sie werden wir das Purpurfieber niemals besiegen.
O ist die Fülle. O ist die Vollendung. O - blaues Ei des Lebens O - verlorener Planet. O - Meer der ganzen Erde.
Quatsch! Wir nehmen den Weg über die Poulmar-Becken. Das ist nicht unbedingt kürzer, aber es erspart uns diese Art von Versammlung!

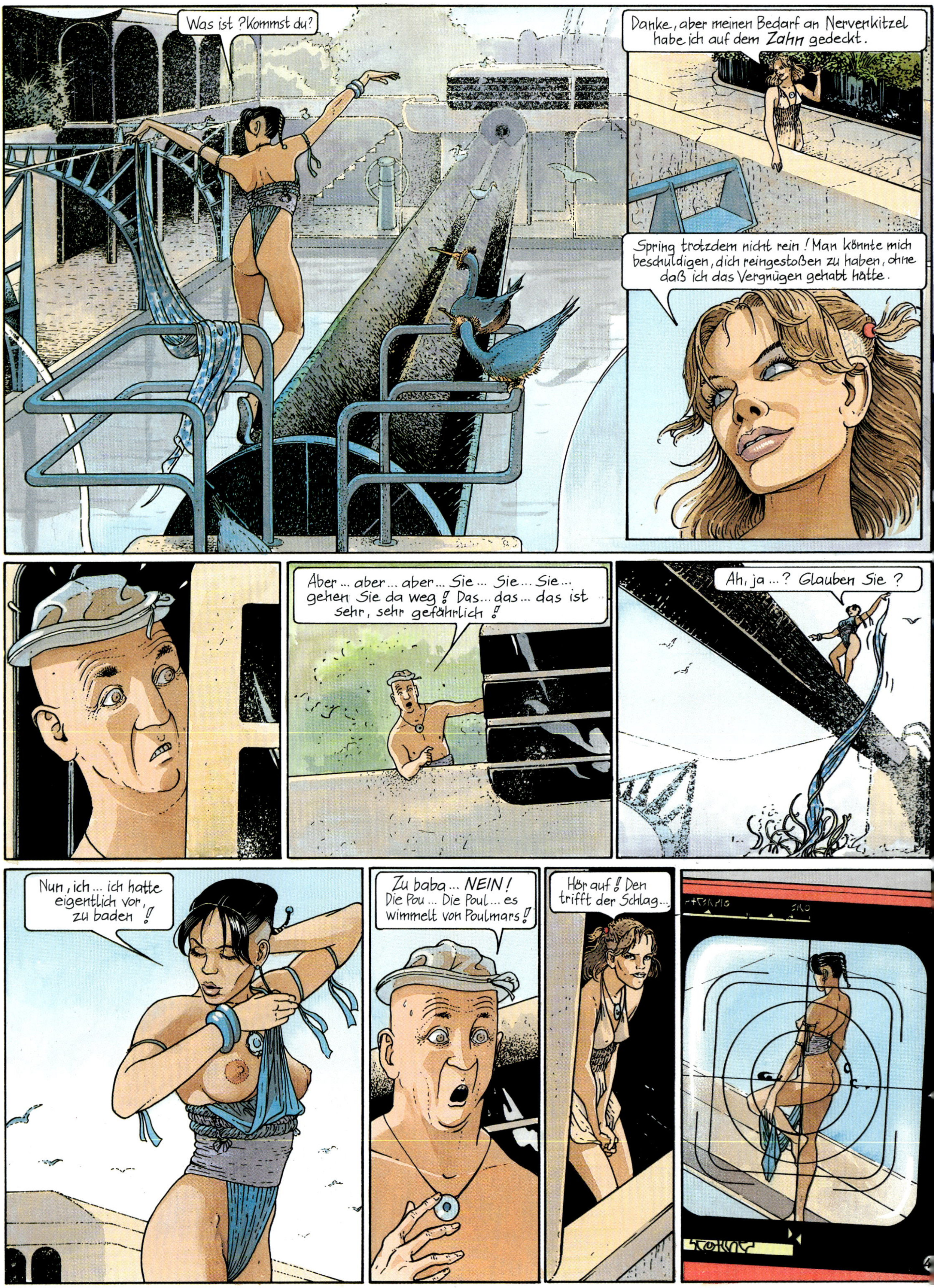

Was ist ? Kommst du?
Danke, aber meinen Bedarf an Nervenkitzel habe ich auf dem Zahn gedeckt.
Spring trotzdem nicht rein! Man könnte mich beschuldigen, dich reingestoßen zu haben, ohne daß ich das Vergnügen gehabt hätte.
Aber ... aber ... aber ... Sie ... Sie ... Sie ... gehen Sie da weg! Das ... das ... das ist sehr, sehr gefährlich!
Ah, ja ...? Glauben Sie?
Nun, ich ... ich hatte eigentlich vor, zu baden!
Zu baba ... NEIN! Die Pou ... Die Poul ... es wimmelt von Poulmars!
Hör auf! Den trifft der Schlag ...

Was ich sage, interessiert Sie nicht?
Ich verstehe Sie sehr gut, Herr Olsimar... Aber wer könnte dem Reiz ihres alten Fernrohrs widerstehen?
Das ist ein Sammlerstück. Daher fällt es nicht unter die Gesetze, die die Privatsphäre der Bürger schützen. Aber bis hin zum Zahn können Sie auch bei diesem Nebel noch die Haare auf dem Rücken eines Katers zählen.
... oder einer Muschi! Aber zurück zur Sache!
Ihre Initiative ist großzügig, aber im Interesse aller und aus Respekt vor den Gesetzen sollte sich der bOrn anschließen. Offen gesagt, Ihre kleine Cyann bereitet uns ein paar Probleme.
CLICK
Fehlt es ihr nicht ein wenig an... nun ja... an Reife, eine Unternehmung anzuführen, von der die ganze Zukunft von Olh abhängt?... Sie liebt das Leben, und das ist auch ganz normal für ihr Alter, aber diese Lust am Spiel, Ihre Schwäche für junge Männer... Sie verstehen?
Nein!
Ich möchte nicht unhöflich erscheinen, aber ein paar Unzufriedene bei uns meinen, es gäbe genügend Kommandanten, die Mut und Verantwortungsgefühl besäßen und erfahrene Raumfahrer seien...
Sie erscheinen nicht unhöflich, Sie sind es... Cyann ist eine Olsimar, eine aus Fleisch und Blut!... Es ist dasselbe Blut, mit dem wir unsere Anrechte auf iLO bezahlt haben.
41

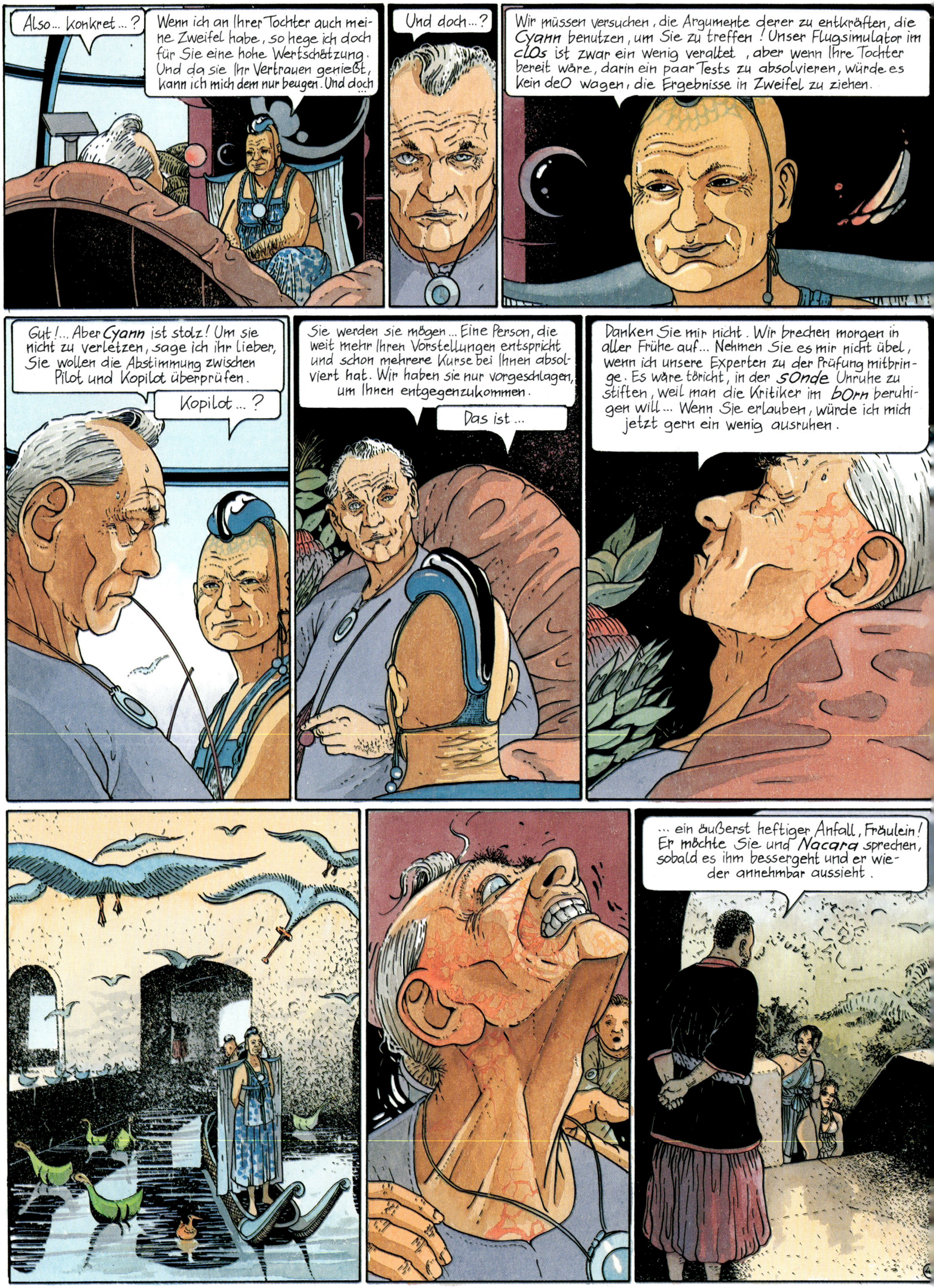

Also... konkret...?
Wenn ich an Ihrer Tochter auch meine Zweifel habe, so hege ich doch für Sie eine hohe Wertschätzung. Und da sie Ihr Vertrauen genießt, kann ich mich dem nur beugen. Und doch ...
Und doch...?
Wir müssen versuchen, die Argumente derer zu entkräften, die Cyann benutzen, um Sie zu treffen! Unser Flugsimulator im clOs ist zwar ein wenig veraltet, aber wenn Ihre Tochter bereit wäre, darin ein paar Tests zu absolvieren, würde es kein deO wagen, die Ergebnisse in Zweifel zu ziehen.
Gut!... Aber Cyann ist stolz! Um sie nicht zu verletzen, sage ich ihr lieber, Sie wollen die Abstimmung zwischen Pilot und Kopilot überprüfen.
Kopilot...?
Sie werden sie mögen... Eine Person, die weit mehr Ihren Vorstellungen entspricht und schon mehrere Kurse bei Ihnen absolviert hat. Wir haben sie nur vorgeschlagen, um Ihnen entgegenzukommen.
Das ist ...
Danken Sie mir nicht. Wir brechen morgen in aller Frühe auf... Nehmen Sie es mir nicht übel, wenn ich unsere Experten zu der Prüfung mitbringe. Es wäre töricht, in der sOnde Unruhe zu stiften, weil man die Kritiker im bOrn beruhigen will... Wenn Sie erlauben, würde ich mich jetzt gern ein wenig ausruhen.
... ein äußerst heftiger Anfall, Fräulein! Er möchte Sie und Nacara sprechen, sobald es ihm bessergeht und er wieder annehmbar aussieht.

Warum die Dinge überstürzen? War es nicht möglich, den Termin zu verschieben?
Wir dürfen nicht zuviel verlangen! Olsiman hat seinen guten Willen bewiesen. Niemand hätte ihn dazu zwingen können.
Los, los! Bis Sonnenaufgang muß alles fertig sein!

Mein Vater schämt sich meiner ! Was wäre schon dabei gewesen , wenn ich in der ersten Barke mit ihm mitgeflogen wäre ?
Zugegeben , es ehrt Cyann, daß sie auf ihre Unabhängigkeit pocht , aber daß sie sich so dagegen gesträubt hat, mein Fahrzeug zu übernehmen ... !
Diese alten Simulatoren sollen manchmal richtig gefährlich sein !
Wenn du so weitermachst , hau ich dir eine runter !

Nein, ihr nicht! Wartet hier draußen, bis die Tests vorüber sind. Aber nicht weglaufen!
Die Besichtigung ist beendet! Zu den übrigen Einrichtungen hat die Öffentlichkeit keinen Zutritt!
Blöd, wenn man so groß ist und behandelt wird wie ein Kind!
Oh... was süß Tierchen...!
Vorsicht! Ecajols sind sehr...
Kiiii
Sehen Sie? Und wie krieg ich es jetzt wieder?

Da! Es hüpft in den clOs!
Jetzt können wir es in jedem Winkel ... Waaahooo! Das sieht ja toll aus!!!
Das da ist ein Pfauenbaum! Sehr, sehr selten! Wenn man uns hier erwischt, gibt's Ärger!

Ein Unglück!!
Sag den OdeO Bescheid, der Pfauenbaum ist eindeu-tig! Die Prüfung der Olsi-mar wird eine Katastrophe!
Also das... Wie kommt dieser mickrige Palmwedel dazu, meiner Familie solche Prophezeiungen zu machen?!
Los, hol eine Schere, dann regle ich das!
Laß sie doch quatschen! Gehen wir lieber das Ecajol suchen!
Runter mit dir, verdammt! Sie sind genau unter uns!
47

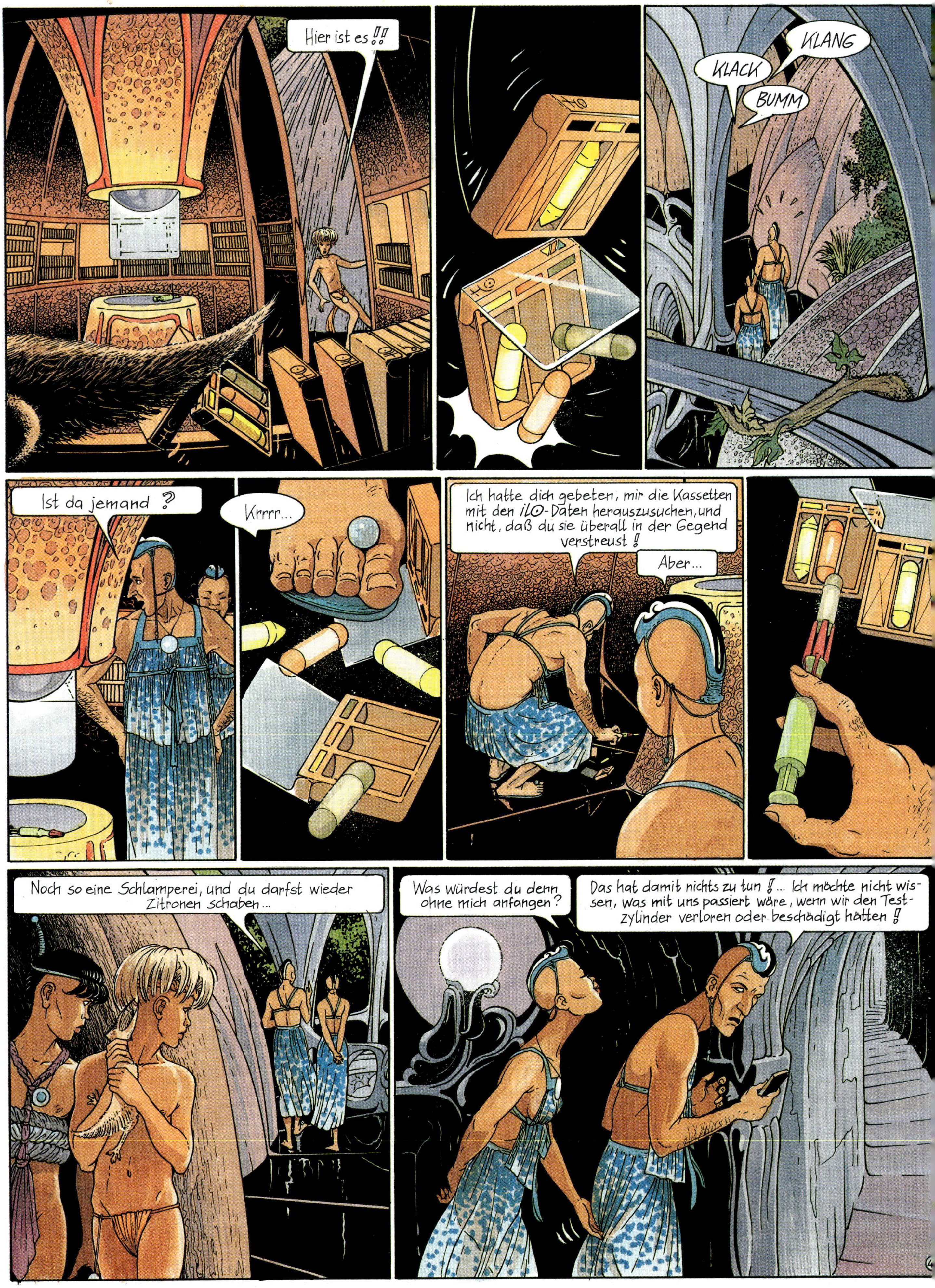

Hier ist es !!
KLACK
KLANG
BUMM
Ist da jemand ?
Krrrr...
Ich hatte dich gebeten, mir die Kassetten mit den ILO-Daten herauszusuchen, und nicht, daß du sie überall in der Gegend verstreust !
Aber...
Noch so eine Schlamperei, und du darfst wieder Zitronen schaben...
Was würdest du denn ohne mich anfangen ?
Das hat damit nichts zu tun !... Ich möchte nicht wissen, was mit uns passiert wäre, wenn wir den Testzylinder verloren oder beschädigt hätten !

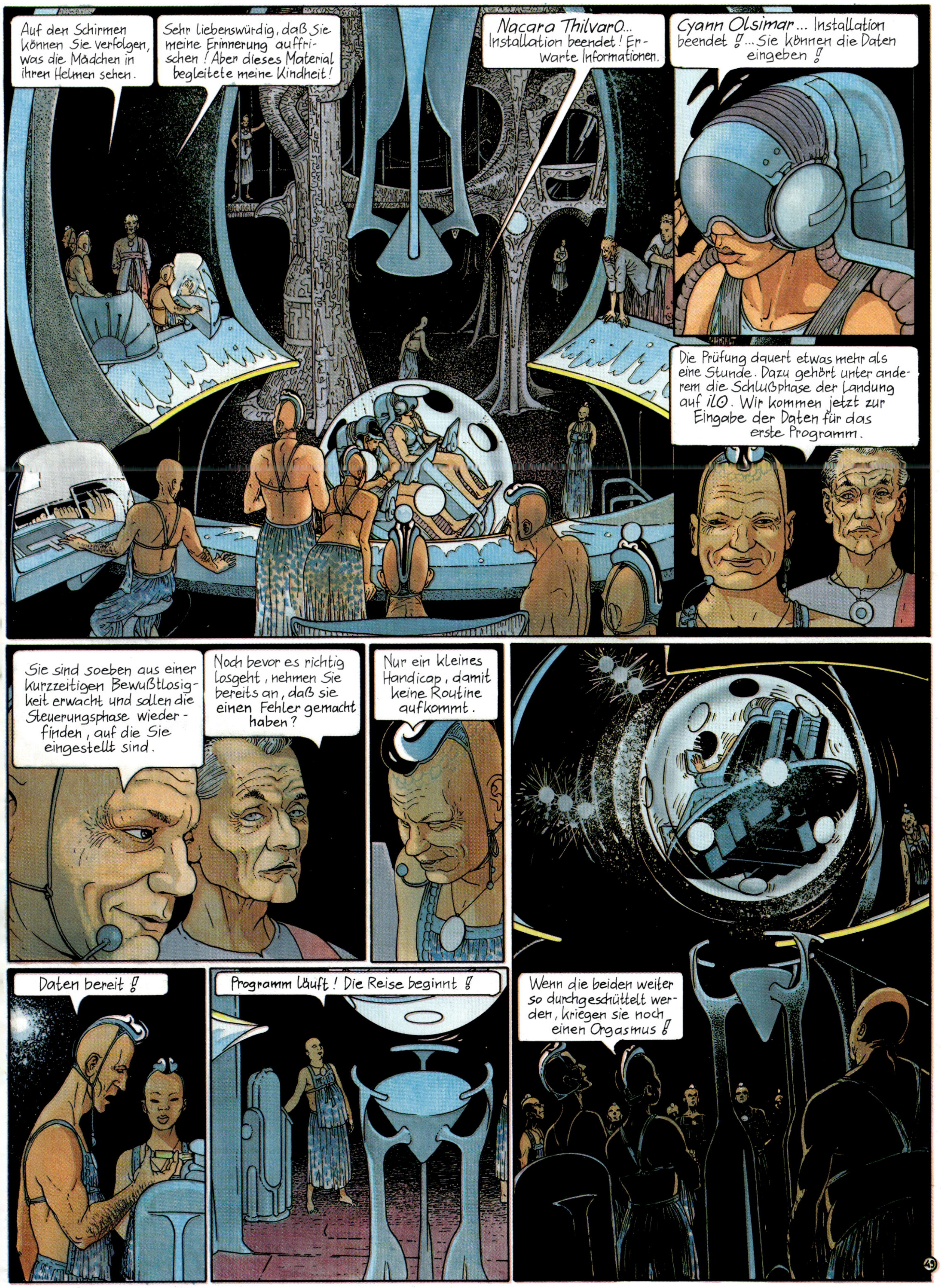
Auf den Schirmen können Sie verfolgen, was die Mädchen in ihren Helmen sehen.
Sehr liebenswürdig, daß Sie meine Erinnerung auffrischen! Aber dieses Material begleitete meine Kindheit!
Nacara ThilvarO... Installation beendet! Erwarte Informationen.
Cyann Olsimar... Installation beendet !... Sie können die Daten eingeben!
Die Prüfung dauert etwas mehr als eine Stunde. Dazu gehört unter anderem die Schlußphase der Landung auf iLO. Wir kommen jetzt zur Eingabe der Daten für das erste Programm.
Sie sind soeben aus einer kurzzeitigen Bewußtlosigkeit erwacht und sollen die Steuerungsphase wiederfinden, auf die Sie eingestellt sind.
Noch bevor es richtig losgeht, nehmen Sie bereits an, daß sie einen Fehler gemacht haben?
Nur ein kleines Handicap, damit keine Routine aufkommt.
Daten bereit!
Programm läuft! Die Reise beginnt!
Wenn die beiden weiter so durchgeschüttelt werden, kriegen sie noch einen Orgasmus!
49

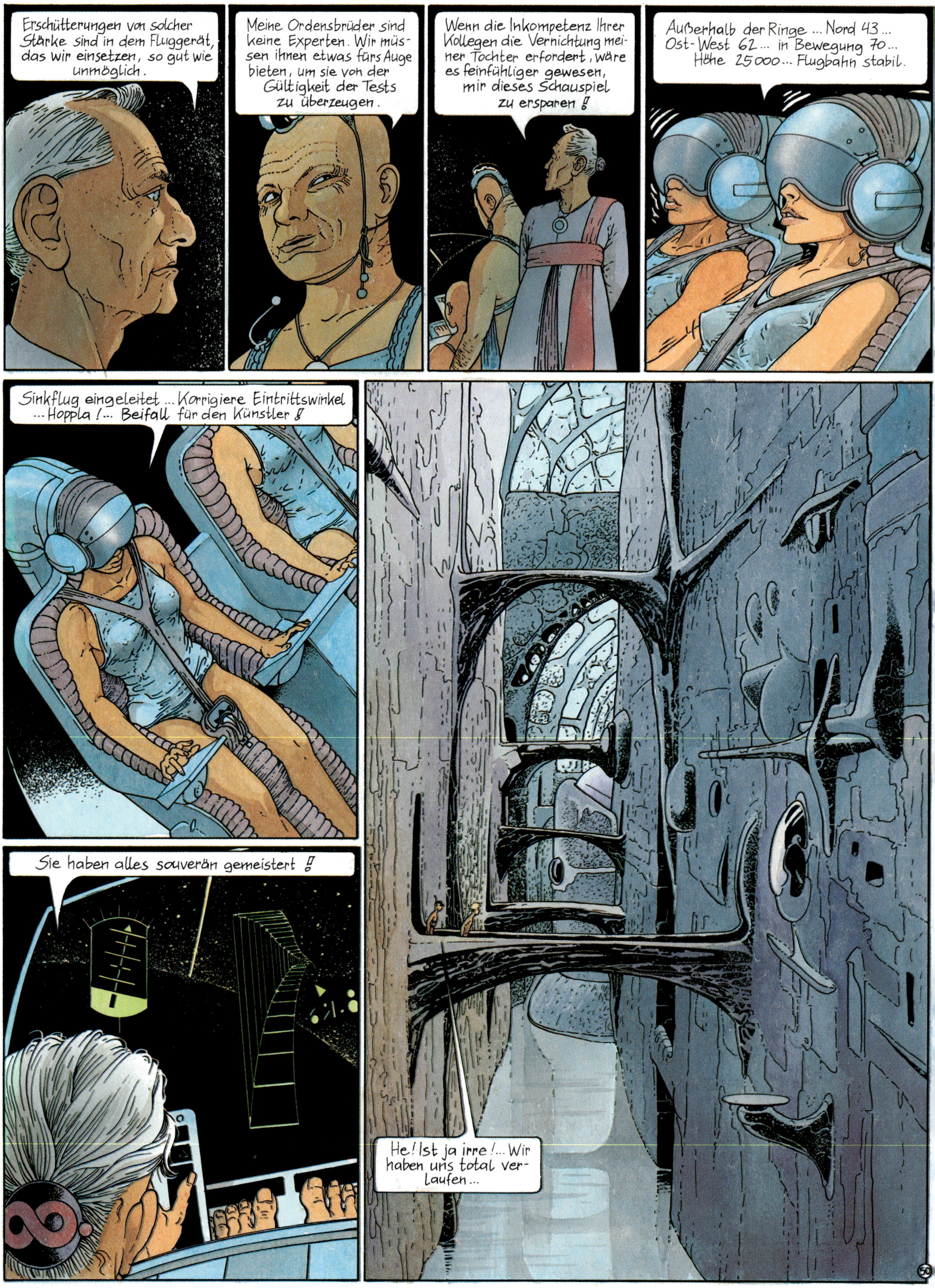
Erschütterungen von solcher Stärke sind in dem Fluggerät, das wir einsetzen, so gut wie unmöglich.
Meine Ordensbrüder sind keine Experten. Wir müssen ihnen etwas fürs Auge bieten, um sie von der Gültigkeit der Tests zu überzeugen.
Wenn die Inkompetenz Ihrer Kollegen die Vernichtung meiner Tochter erfordert, wäre es feinfühliger gewesen, mir dieses Schauspiel zu ersparen!
Außerhalb der Ringe ... Nord 43 ... Ost-West 62 ... in Bewegung 70 ... Höhe 25000 ... Flugbahn stabil.
Sinkflug eingeleitet ... Korrigiere Eintrittswinkel ... Hoppla! ... Beifall für den Künstler!
Sie haben alles souverän gemeistert!
He! Ist ja irre! ... Wir haben uns total verlaufen ...
50

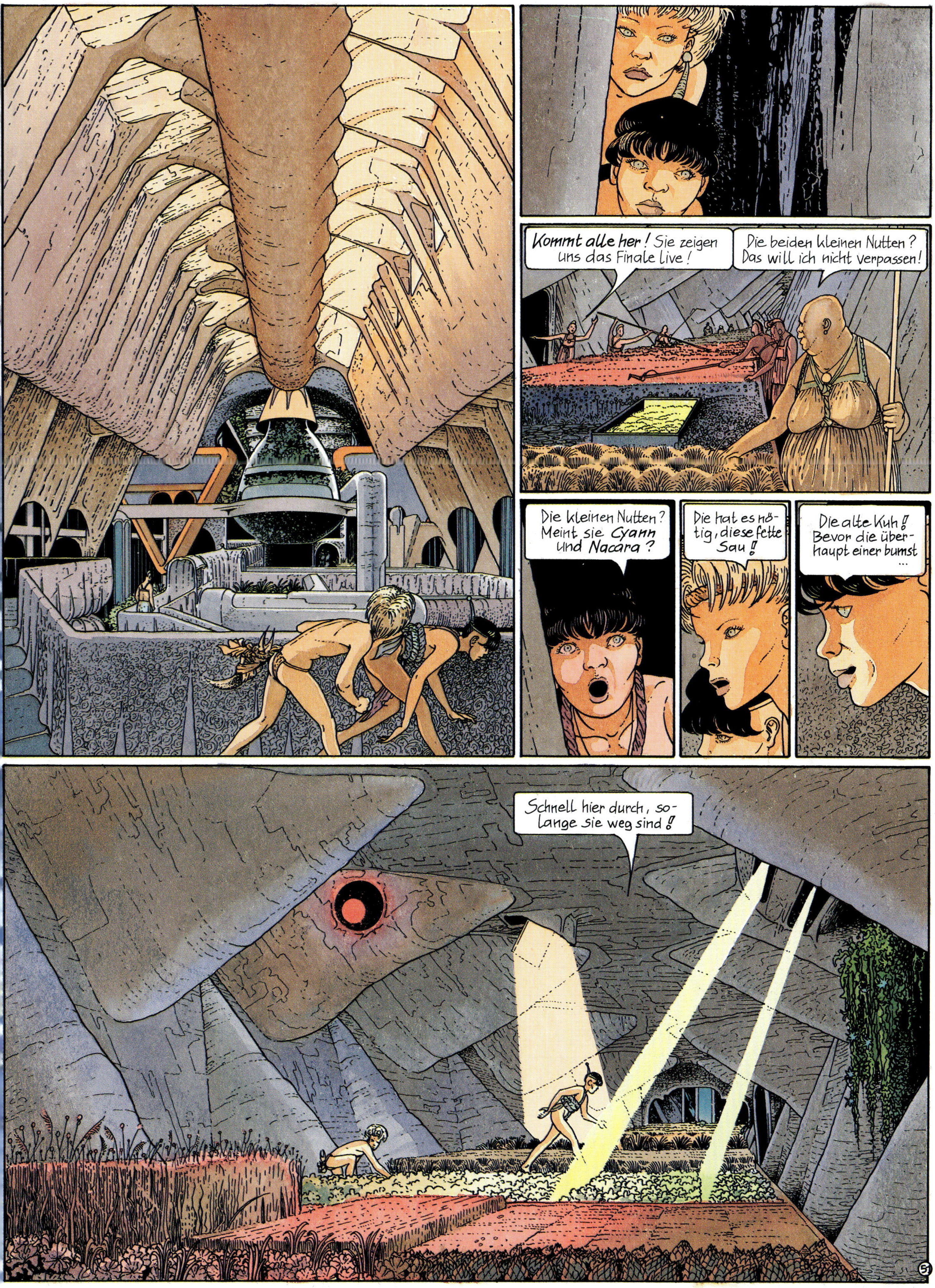

Kommt alle her! Sie zeigen uns das Finale live!
Die beiden kleinen Nutten? Das will ich nicht verpassen!
Die kleinen Nutten? Meint sie Cyann und Nacara?
Die hat es nötig, diese fette Sau!
Die alte Kuh! Bevor die überhaupt einer bumst ...
Schnell hier durch, solange sie weg sind!

Gut!... Aber hier geht's nach draußen!
Macht nichts! Dann drehen wir eben 'ne Runde und warten am Anleger auf sie.
Was ... was hast du denn da mitgenommen?
Sind sie nicht schön?
Landung in vier Minuten! Countdown läuft.
... 235 ... 230 ... 225 ... 220 ... 215 ... 210 ...
Jetzt kann nichts mehr passieren!
Ich habe sie in den Gewächshäusern gepflückt. Aber keine Sorge ... Ich werde sie gut verstecken.
Sie haben ihnen nichts erspart, aber sie schaffen es offenbar ohne Fehler!
... 90 ... 85 ... 80 ... 75 ... 70 ... 65 ... 60 ... 55 ... 50 49 48 47 46 45 44 43 ...
Nähern uns auf Ipsa-Ebene! Gute Sicht! Sieht nach Rauhreif aus ... Kontrolliere: -3 Grad am Boden ... Windstärke 2. Günstige Wetterprognose! Es klappt!
Rückstrahler ein. Eins. Zwei. Drei. Vier. Wir werden aufsetzen wie eine Feder!
4. 3. 2. 1. Zero ...
Es ist geschafft!

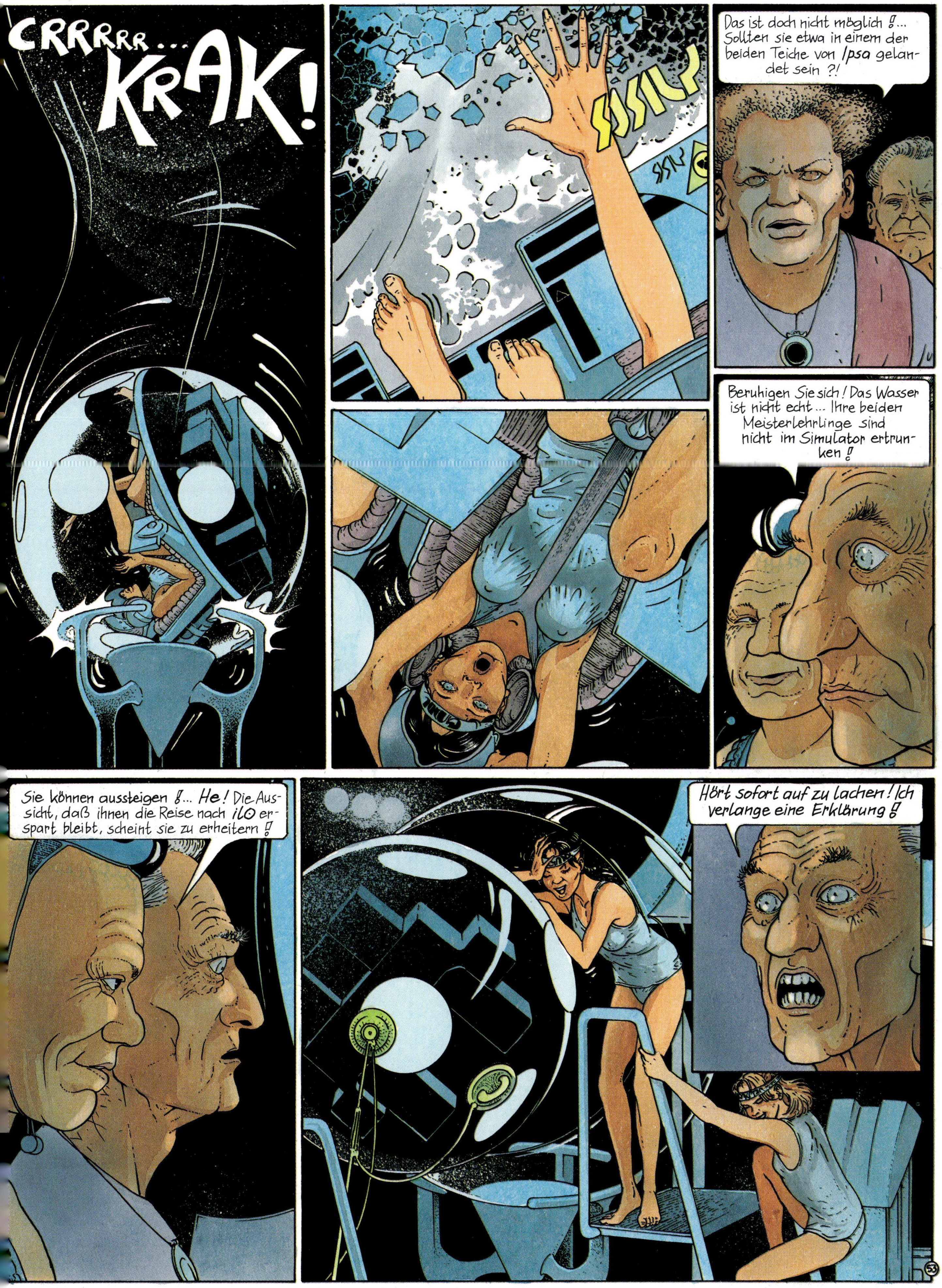
CRRRRR... KRAK!
Das ist doch nicht möglich!... Sollten sie etwa in einem der beiden Teiche von Ipsa gelandet sein ?!
Beruhigen Sie sich! Das Wasser ist nicht echt... Ihre beiden Meisterlehrlinge sind nicht im Simulator ertrunken!
Sie können aussteigen!... He! Die Aussicht, daß ihnen die Reise nach iLO erspart bleibt, scheint sie zu erheitern!
Hört sofort auf zu lachen! Ich verlange eine Erklärung!
53

Du verlangst eine Erklärung? Ich auch! Und zwar von den deO!
Cyann hat recht! Die nächste Wasserfläche der Ipsa-Wüste ist mehr als dreihundert Meilen von unserem Landepunkt entfernt!
Die Bordinstrumente sind genau! Wir haben eine dreißig Zentimeter dicke Eisschicht durchbrochen und sind in sechs Meter tiefes Wasser gestürzt!
Sechs Meter Wasser auf Ipsa!? Die Daten sind falsch! Niemals seit Menschengedenken sind in der Regenzeit mehr als fünfzehn Zentimeter Wasser auf die Ebene gefallen!
Nun, mein lieber Zhej? Was haben Sie dazu zu sagen?
Es... äh... mag sein, daß es Probleme gab... Warten Sie einen Moment, wir sehen gleich nach.
Das ist unglaublich! Die eingegebenen Daten sind zwar die von iLO, doch sie enthalten eine Reihe von unverständlichen Modifikationen, ja Fehlern. Was immer passiert ist, diesen Zylinder dürfte es nicht geben!
Falls hier manipuliert worden ist, müssen wir die Schuldigen finden. Bis dahin bleibt uns nichts, als uns bei Familie Olsimar zu entschuldigen und ihr zu versichern, daß die Probleme keinesfalls im Alter des Materials begründet liegen!

Ich hätte zu gern die Gesichter der deO gesehen... Wir waren uns so sicher, daß ihr es schaffen würdet, daß wir Blumen für euch gepflückt haben!
Wooaaoo!! Ein tolles Blau!
Es gab noch viele andere Arten, aber das Ecajol hat sie alle gefressen!
Der Pfauenbaum hatte eine Katastrophe prophezeit...
... aber er hat nicht gesagt, für wen!!
55

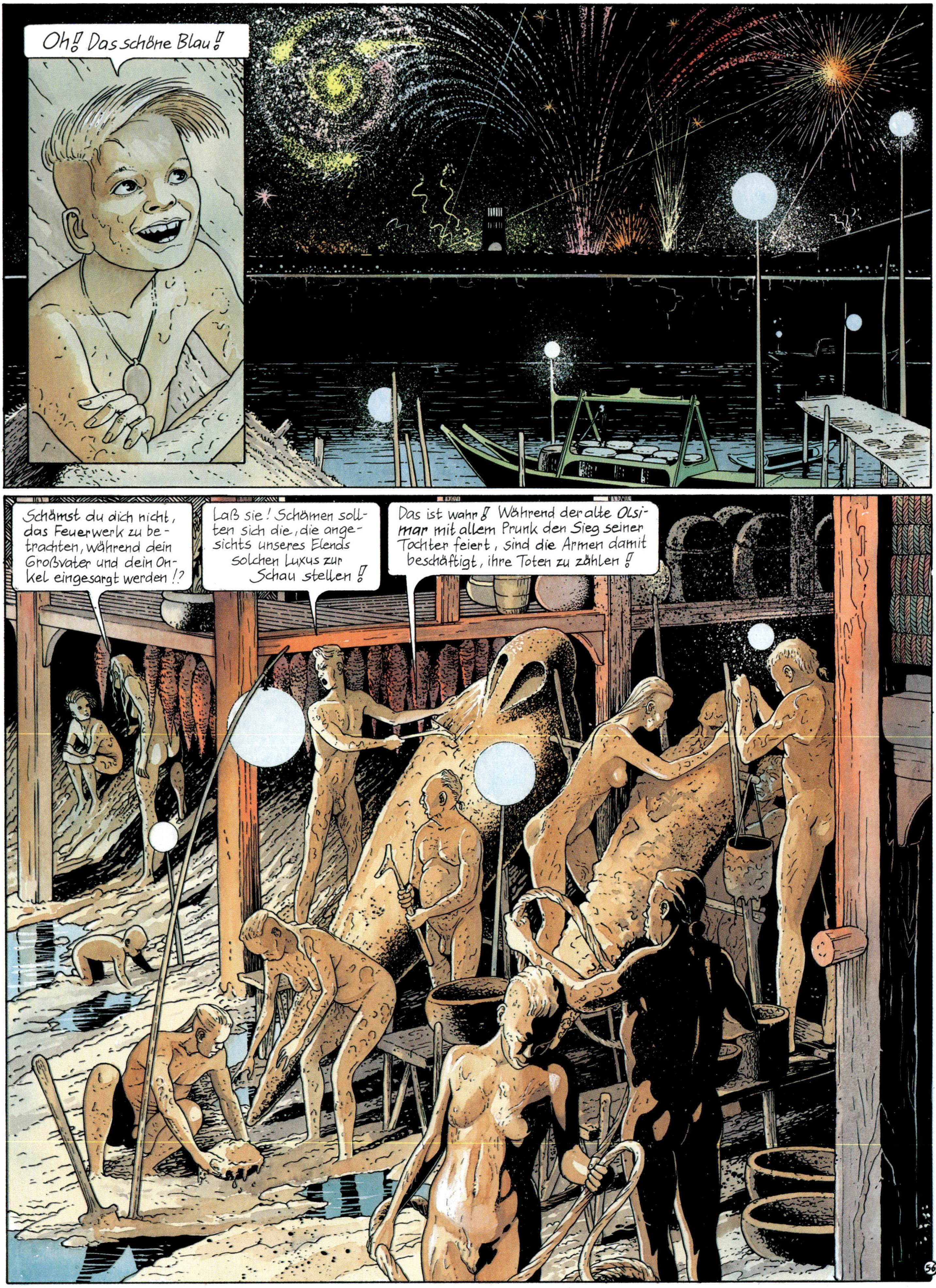
Oh!! Das schöne Blau!!
Schämst du dich nicht, das Feuerwerk zu betrachten, während dein Großvater und dein Onkel eingesargt werden!?
Laß sie! Schämen sollten sich die, die angesichts unseres Elends solchen Luxus zur Schau stellen!
Das ist wahr!! Während der alte Olsimar mit allem Prunk den Sieg seiner Tochter feiert, sind die Armen damit beschäftigt, ihre Toten zu zählen!

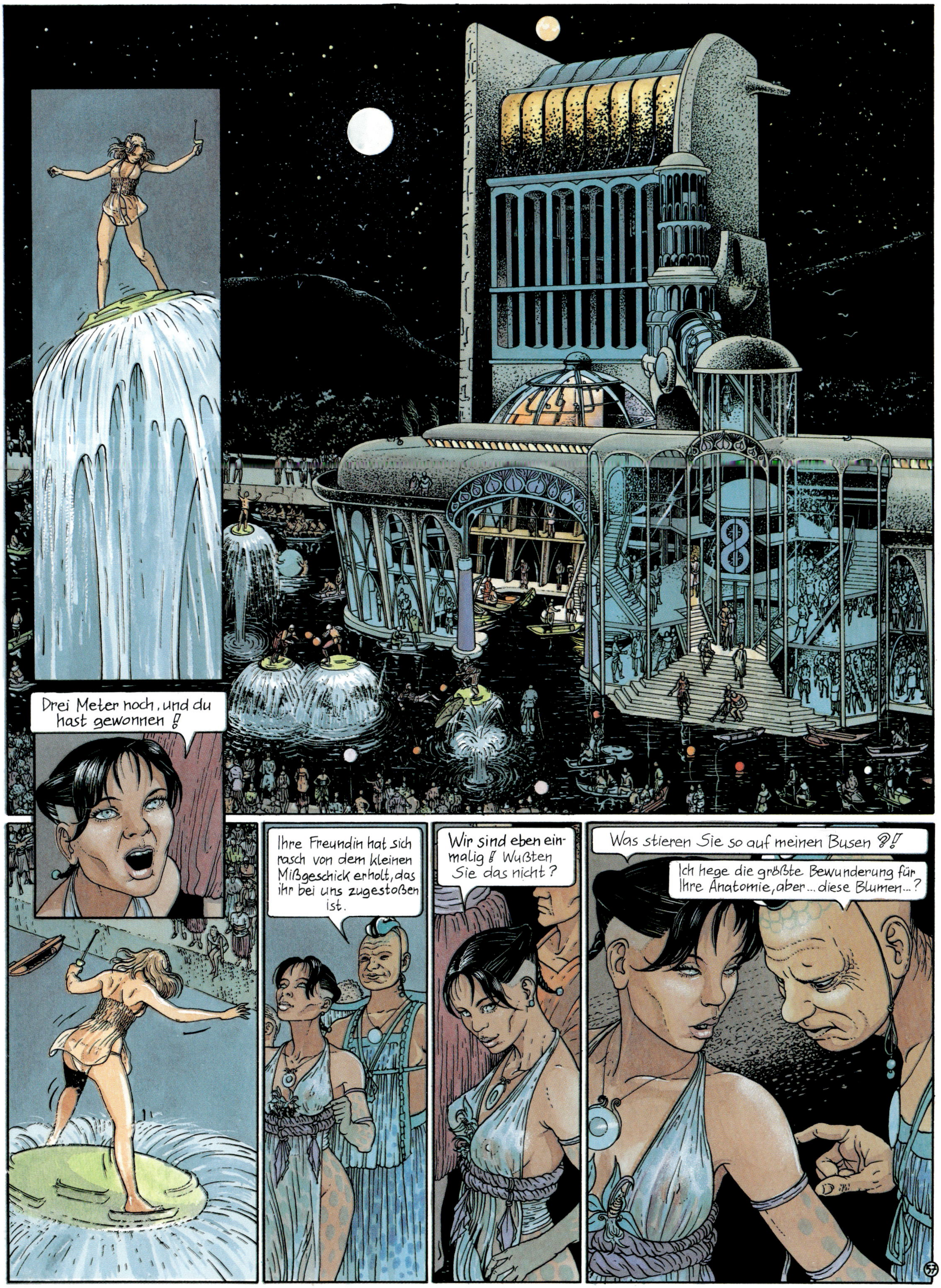

Drei Meter noch, und du hast gewonnen !
Ihre Freundin hat sich rasch von dem kleinen Mißgeschick erholt, das ihr bei uns zugestoßen ist.
Wir sind eben einmalig ! Wußten Sie das nicht ?
Was stieren Sie so auf meinen Busen ?!
Ich hege die größte Bewunderung für Ihre Anatomie, aber... diese Blumen...?
57

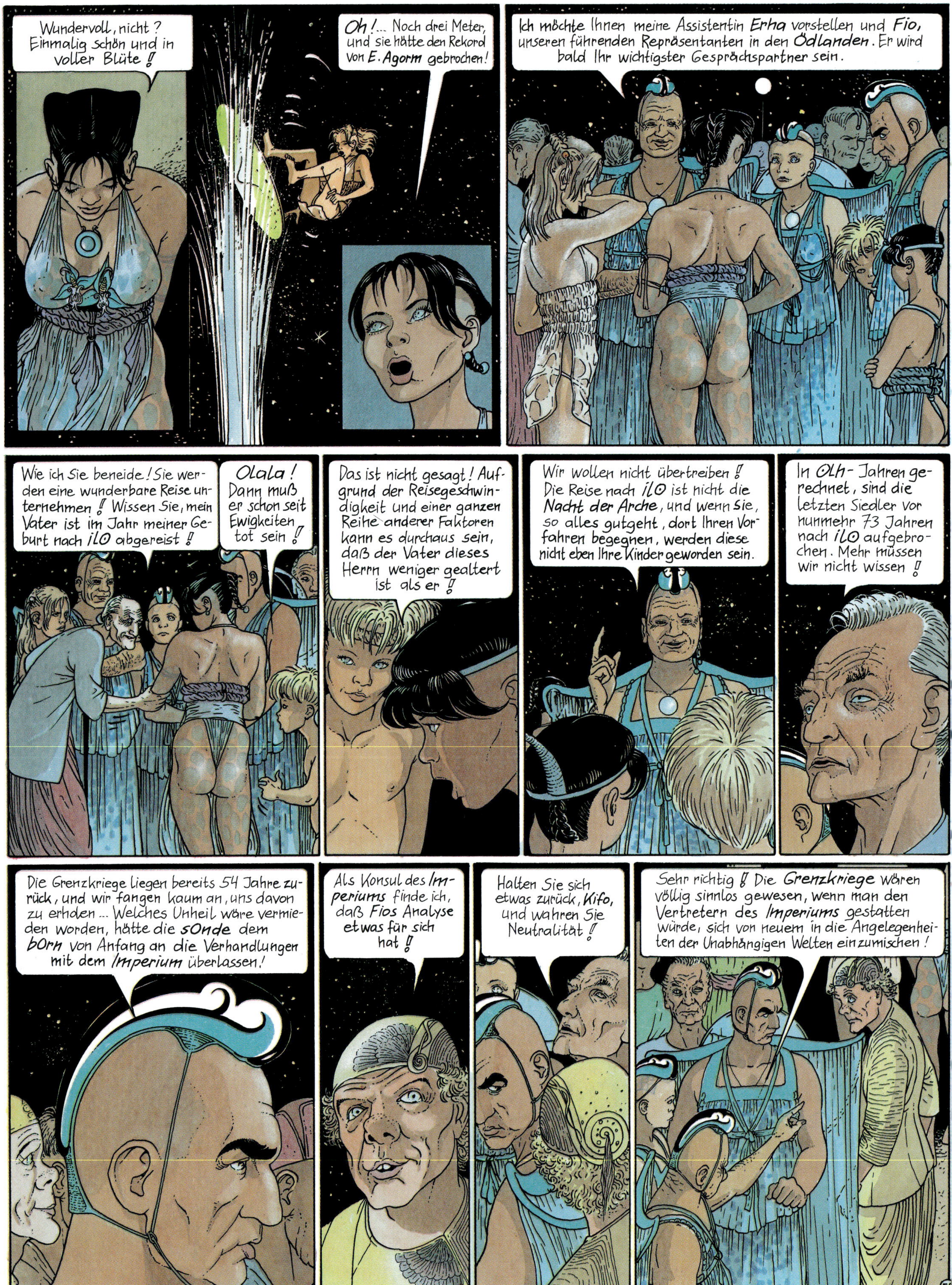
Wundervoll, nicht? Einmalig schön und in voller Blüte !!
Oh!... Noch drei Meter, und sie hätte den Rekord von E. Agorm gebrochen!
Ich möchte Ihnen meine Assistentin Erha vorstellen und Fio, unseren führenden Repräsentanten in den Ödlanden. Er wird bald Ihr wichtigster Gesprächspartner sein.
Wie ich Sie beneide! Sie werden eine wunderbare Reise unternehmen !! Wissen Sie, mein Vater ist im Jahr meiner Geburt nach ILO abgereist !!
Olala! Dann muß er schon seit Ewigkeiten tot sein !!
Das ist nicht gesagt! Aufgrund der Reisegeschwindigkeit und einer ganzen Reihe anderer Faktoren kann es durchaus sein, daß der Vater dieses Herrn weniger gealtert ist als er !!
Wir wollen nicht übertreiben !! Die Reise nach ILO ist nicht die Nacht der Arche, und wenn Sie, so alles gutgeht, dort Ihren Vorfahren begegnen, werden diese nicht eben Ihre Kinder geworden sein.
In OLh-Jahren gerechnet, sind die letzten Siedler vor nunmehr 73 Jahren nach ILO aufgebrochen. Mehr müssen wir nicht wissen !!
Die Grenzkriege liegen bereits 54 Jahre zurück, und wir fangen kaum an, uns davon zu erholen... Welches Unheil wäre vermieden worden, hätte die sOnde dem bOrn von Anfang an die Verhandlungen mit dem Imperium überlassen!
Als Konsul des Imperiums finde ich, daß Fios Analyse etwas für sich hat !!
Halten Sie sich etwas zurück, Kifo, und wahren Sie Neutralität !!
Sehr richtig !! Die Grenzkriege wären völlig sinnlos gewesen, wenn man den Vertretern des Imperiums gestatten würde, sich von neuem in die Angelegenheiten der Unabhängigen Welten einzumischen!
58

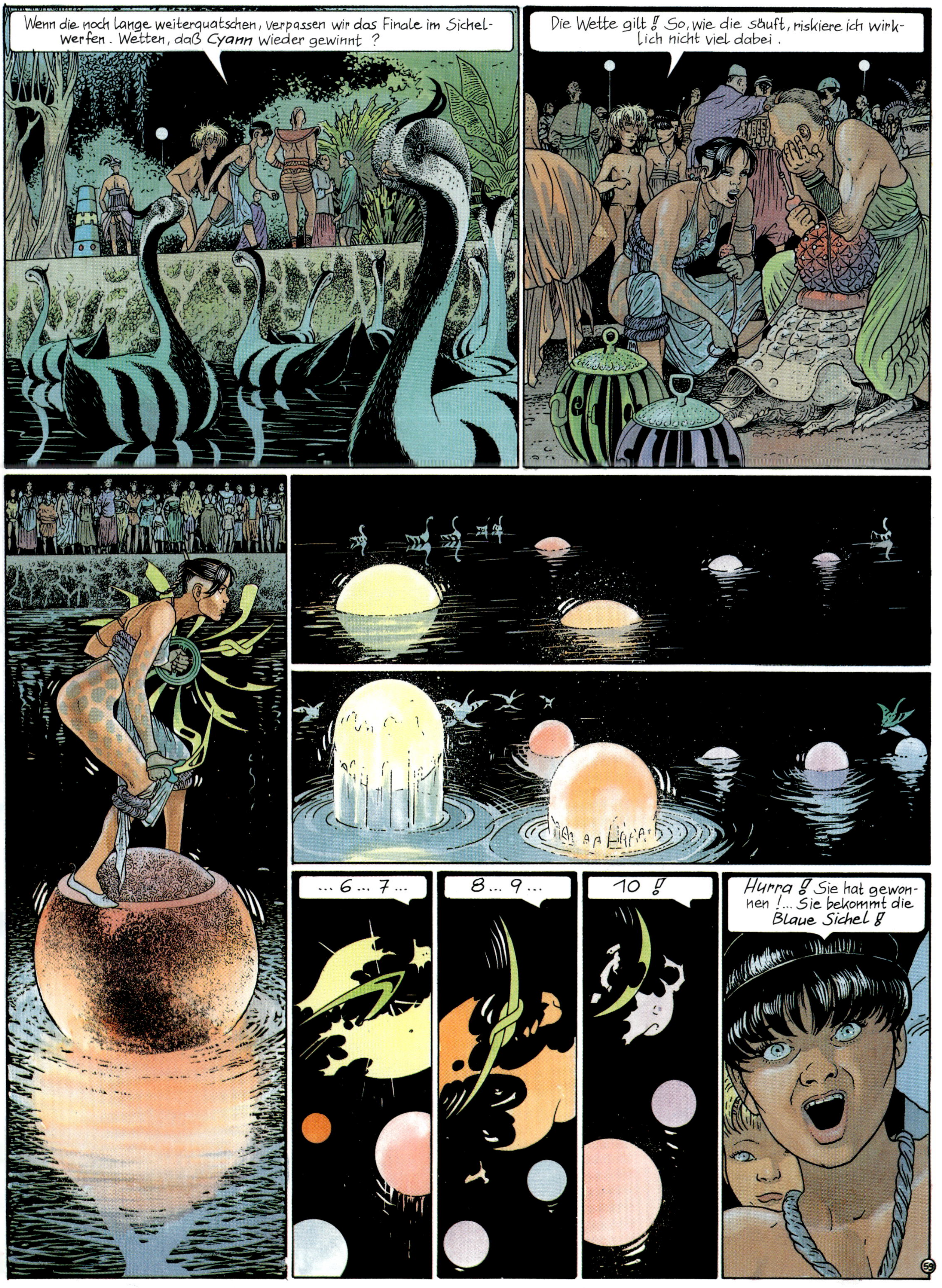

Wenn die noch lange weiterquatschen, verpassen wir das Finale im Sichel-werfen. Wetten, daß Cyann wieder gewinnt ?
Die Wette gilt ! So, wie die säuft, riskiere ich wirklich nicht viel dabei .
... 6 ... 7 ...
8 ... 9 ...
10 !
Hurra ! Sie hat gewonnen !... Sie bekommt die Blaue Sichel !

Ihre Tochter ist sehr... anziehend !
Der Rat der Odeo hat beschlossen, eine Untersuchung einzuleiten, um nachzuweisen, daß die fehlerhaften Daten, die den Test Ihrer Tochter beeinträchtigt haben, nicht aus Böswilligkeit eingegeben wurden. Sie werden das Resultat als erster erfahren.
Mal im Vertrauen, mein lieber Zhej... Innerhalb des bOrn soll es Spannungen geben. Es heißt, ein paar junge Hitzköpfe arbeiten darauf hin, den Rat der Weisen zu zerschlagen... Was ist davon zu halten ?
So etwas gab es schon vor Menschengedenken auf dem Blauen Planeten. Der bOrn ist eine große Familie, und Sie wissen so gut wie ich, daß das Zusammenleben der Generationen nicht immer reibungslos verläuft. Nanu ?!... Ist das nicht die Stimme Ihrer Tochter ?
60

Na, hör mal, Cyann!... Willst du mir etwa verbieten, mit Nacara zu sprechen?
Sprechen nennst du das? Ich hatte eher den Eindruck, du willst sie verarschen!
Nacara war die Freundin meines Bruders, und er ist noch nicht kalt genug, als daß sie jemand vögelt!
Jetzt halt mal die Luft an! Und laß Colbato in Frieden!
Komm, Cyann, du kennst mich! Glaubst du, ich würde zusehen, wie Vairon vor meiner Nase mit ihr abzieht?
Ihr mit eurer Eifersucht! Unsere kleine Cyann übertrifft sich heute mal wieder selbst! Ob Pilot oder Kopilot, wo ist denn da der Unterschied?
Das nächste Mal ziele ich etwas höher.
Tss, tss... Was für eine Verschwendung!
Komm, Crysane! Ich glaube, unsere Freundin hatte einen anstrengenden Tag!
Bis später, Cyann! Nimm's nicht so tragisch! Wir haben alle ein bißchen viel getrunken.
Hierher! Schnell!
61

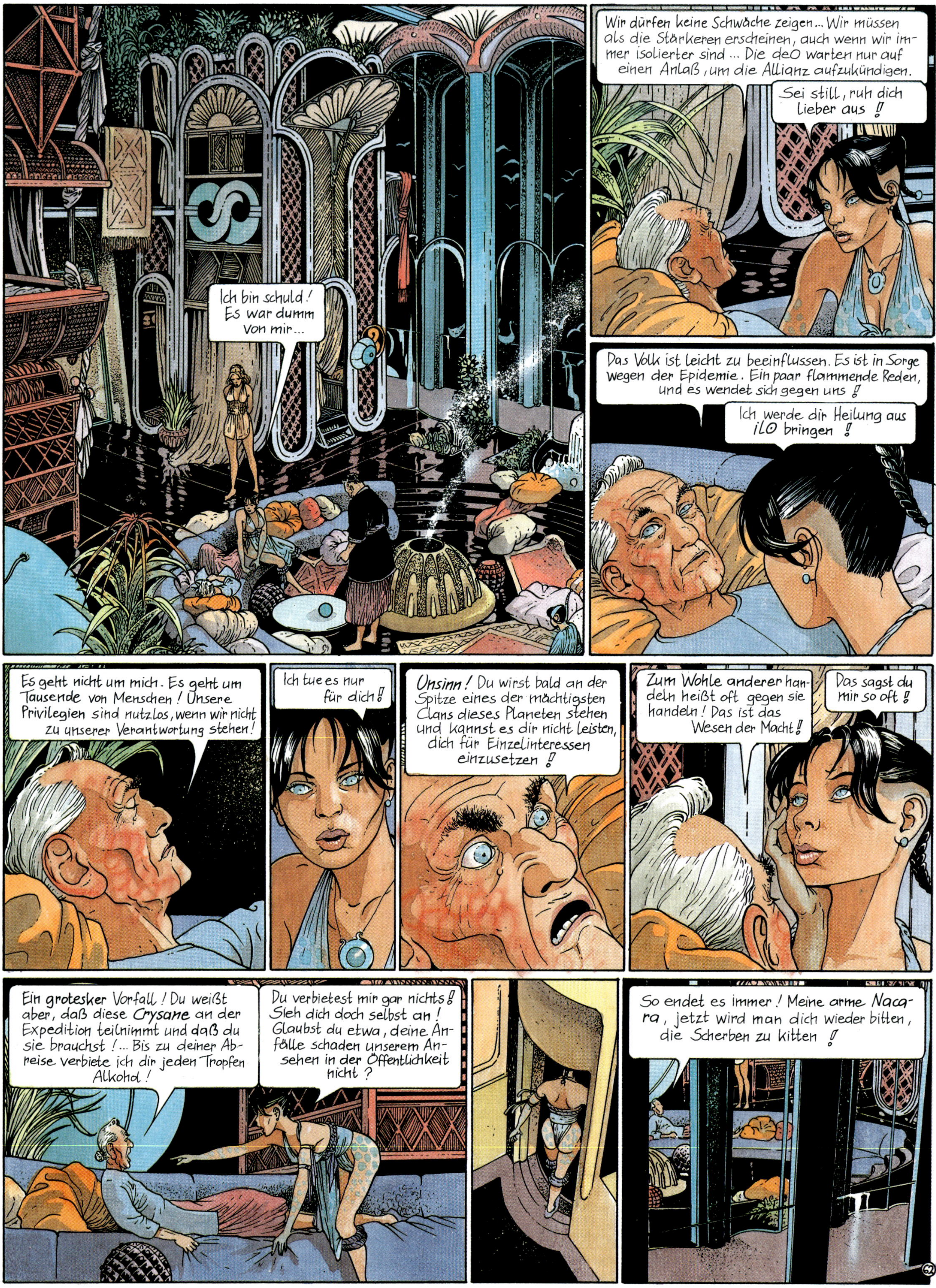
Ich bin schuld! Es war dumm von mir ...
Wir dürfen keine Schwäche zeigen ... Wir müssen als die Stärkeren erscheinen, auch wenn wir immer isolierter sind ... Die deO warten nur auf einen Anlaß, um die Allianz aufzukündigen.
Sei still, ruh dich lieber aus!
Das Volk ist leicht zu beeinflussen. Es ist in Sorge wegen der Epidemie. Ein paar flammende Reden, und es wendet sich gegen uns!
Ich werde dir Heilung aus iLO bringen!
Es geht nicht um mich. Es geht um Tausende von Menschen! Unsere Privilegien sind nutzlos, wenn wir nicht zu unserer Verantwortung stehen!
Ich tue es nur für dich!
Unsinn! Du wirst bald an der Spitze eines der mächtigsten Clans dieses Planeten stehen und kannst es dir nicht leisten, dich für Einzelinteressen einzusetzen!
Zum Wohle anderer handeln heißt oft gegen sie handeln! Das ist das Wesen der Macht!
Das sagst du mir so oft!
Ein grotesker Vorfall! Du weißt aber, daß diese Crysane an der Expedition teilnimmt und daß du sie brauchst! ... Bis zu deiner Abreise verbiete ich dir jeden Tropfen Alkohol!
Du verbietest mir gar nichts! Sieh dich doch selbst an! Glaubst du etwa, deine Anfälle schaden unserem Ansehen in der Öffentlichkeit nicht?
So endet es immer! Meine arme Nacara, jetzt wird man dich wieder bitten, die Scherben zu kitten!
62

Falls du gekommen bist, um ihn zu verteidigen, kannst du gleich wieder gehen...
Entschuldige, aber ich bin völlig fertig! Ist doch wahr ... Ich kann machen, was ich will, er behandelt mich wie ein kleines Kind!
In zehn Tagen fliegen wir in die Ödlande. Dann steht dir niemand mehr bei. Du wirst nur nach dem beurteilt, was du selbst tust.
Aber ich kann alles! Oder bezweifelst du das?
Ich traue es dir zu, aber andere, wie Crysane, sind da nicht so sicher. In diesem Punkt hat dein Vater gewiß recht.

Da! Da!
Wieder einer!

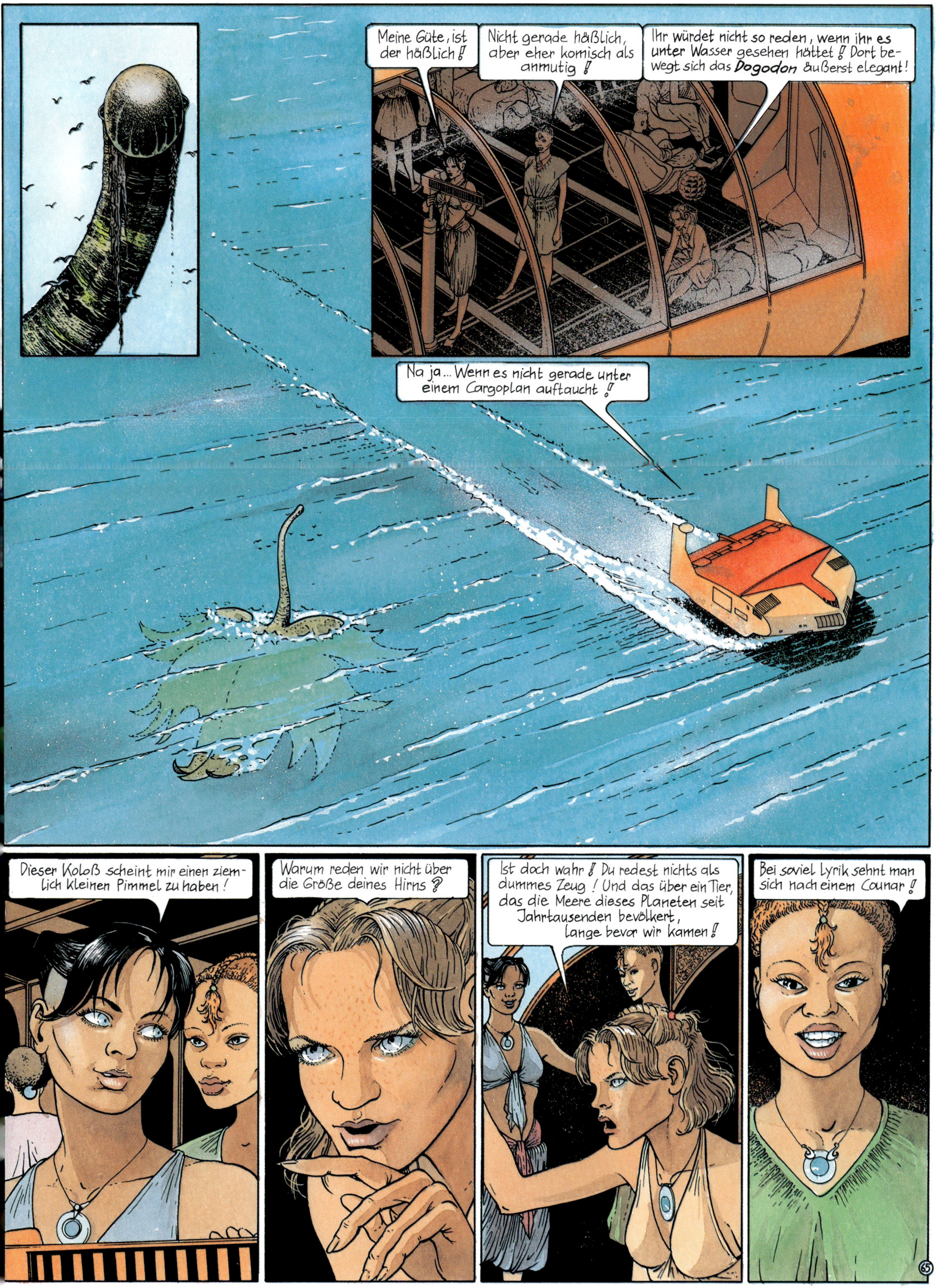
Meine Güte, ist der häßlich!
Nicht gerade häßlich, aber eher komisch als anmutig!
Ihr würdet nicht so reden, wenn ihr es unter Wasser gesehen hättet! Dort bewegt sich das Dogodon äußerst elegant!
Na ja... Wenn es nicht gerade unter einem Cargoplan auftaucht!
Dieser Koloß scheint mir einen ziemlich kleinen Pimmel zu haben!
Warum reden wir nicht über die Größe deines Hirns?
Ist doch wahr! Du redest nichts als dummes Zeug! Und das über ein Tier, das die Meere dieses Planeten seit Jahrtausenden bevölkert, lange bevor wir kamen!
Bei soviel Lyrik sehnt man sich nach einem Counar!
65

Wir nähern uns der Bucht von Ilcando. Da ist schon der Terminal.
Mir wird beim Anlegen jedesmal schlecht!
Hier ist wirklich nichts los !!
Außer auf den Vier Inseln! Und wißt ihr, warum?
Nein! Aber bestimmt wird uns Nacara Thilvaro gleich einen Vortrag über Fauna und Flora der Ödlande halten !!
Nehmen wir die Bahn?
Wieso denn ?!... Es war abgemacht, daß uns eine Barke erwartet.
Mach nicht so ein Gesicht, Cyann!
66

Daß sie uns mit dem Geflügel reisen lassen, bedeutet ja keine große Wertschätzung!
Sagen Sie das nicht, Frollein ... Nur Ihnen zu Ehren schleppen wir diese Ovudons mit. Sie sollen Ihnen sogar als „Vulcano-Menü" serviert werden!
Normalerweise gibt's hier nur Scheiße zu fressen!
Da wären wir!... Gegen diese Trostlosigkeit kommt einem der Arsch der Welt richtig gemütlich vor!

Vorsicht! Nicht da lang!... NEIN!
Hat man Ihnen nicht erzählt, daß ich fahren kann?
Packt erst mal aus, und holt mich ab, wenn ihr geduscht habt. Ich wohne in C-14, keine fünfhundert Meter von hier.
Diese Baracken werden hauptsächlich von alleinstehenden Frauen bewohnt. Männer verirren sich praktisch nie hierher.
Anfangs habt ihr vielleicht Probleme mit dem Schlafen. Alle zwei Stunden gibt es einen Abschuß von der Rampe auf dem Rodomont. Das macht einen Mordskrach und führt zu Spannungsabfall!
Und noch etwas! Geht nicht alleine zu Fuß aus. Nehmt ein Fahrzeug oder fordert mit eurer ID eine Patrouille an. Die Straßen auf der anderen Seite des Boulevards sind nicht das richtige für junge Frauen!
... Wo ich doch in der Hoffnung herkam, mich vergewaltigen zu lassen.
So witzig ist das nicht! Die Mädchen, die hier verschwinden, findet man oft nur durch Zufall wieder ... Nach drei, vier Jahren, unter einer drei Meter dicken Sandschicht!
Ich warte draußen, um euch zu eurer Freundin zu bringen!

Als Medio könntest du eine bessere Unterkunft verlangen ...
Als Kopilotin hättest du es ablehnen können, mein Zimmer zu teilen.
Unter dem Glasdach!... Es ist die einzige Unterkunft, die über ein Schwimmbad verfügt!
Die meisten Teile des Raumschiffs werden von der Magnetrampe abgeschossen und im All zusammengesetzt. Wir werden morgen dem Abschuß der Trägerrakete für eines der drei Expeditionsfahrzeuge beiwohnen. Ihr Gewicht erfordert einen üblichen Abschuß.
69

Zhej!... Welche Überraschung, Sie hier zu sehen!
Wir möchten Sie unterstützen, damit Sie ihre schwere Aufgabe erfolgreich zu Ende führen können. Der bOrn ist zu jedem Opfer bereit.
Und dieses „Opfer" sind Sie?... Das wäre mal eine Rolle, in der Sie mir unter Umständen gefallen könnten.
... drei ... zwei ... eins ... zero!

Sabotage oder Unfall, es ist eine Katastrophe!... Ein erneuter Abschußversuch ist bei diesem Typ frühestens in drei oder vier Monaten möglich.
Kommt nicht in Frage!
Es gibt keinen anderen Weg, Cyann!
Cyann ist mein Vorname, Herr Ingenieur!
Aber Cy... Fräulein Olsimar, Sie wissen so gut wie ich, daß es ausgeschlossen ist, die Trägerrakete für das dritte Fahrzeug von der Rampe...
Dann verzichten wir auf das letzte Fahrzeug! Die Mannschaft wird entsprechend verkleinert. Aber wir werden nicht einen einzigen Tag Verspätung in Kauf nehmen!
Ich fürchte, daß Ihr Vater anders entscheidet, „Fräulein Olsimar"!
Ich habe Sie nicht nach Ihrer Meinung gefragt, „Opfer"! Sie sind hier nur als Beobachter geduldet, also sagen Sie mir nicht, was ich zu tun habe!
Im übrigen werde ich jeden rausschmeißen, der vergißt, daß ich diese Expedition befehlige!
Das Flugpersonal, das bereits in den Ödlanden ist, hat zur Feier Ihrer Ankunft für den Abend einen kleinen Empfang vorbereitet. Ich weiß nicht, ob wir nach diesem Zwischenfall...
Natürlich werden wir, Sor! Je mehr Widrigkeiten, desto enger unser Zusammenhalt als Team!
72

Paß gut auf! Alles kommt auf den letzten Knoten an, denn der hält alle anderen zusammen!
Glaubst du wirklich, daß dieses Fest der richtige Anlaß ist, mich als Majo zu kleiden?
Versprochen ist versprochen! Außerdem solltest du nicht weniger gut gekleidet sein als die Rundköpfe, die unter deinem Kommando stehen!
Du hättest Zhej sehen sollen, als er hörte, daß mein Vater meinen Entschluß billigt, die Mannschaft zu verkleinern!
Paradoxerweise gibt uns dieser Zwischenfall die Möglichkeit, die Vertreter des Imperiums und alle sonstigen Schmarotzer loszuwerden, die sich an uns gehängt haben.
Ich würde deinen Optimismus gern teilen, aber hier handelt es sich um einen Sabotageakt, dem gewiß weitere folgen.
Wir alle bewundern die Art und Weise, wie du dich gegen das Bodenpersonal durchgesetzt hast!
Wenn wir wollen, daff man unf reffpektiert, müffen wir eine gewiffe Diffziplin einhalten.

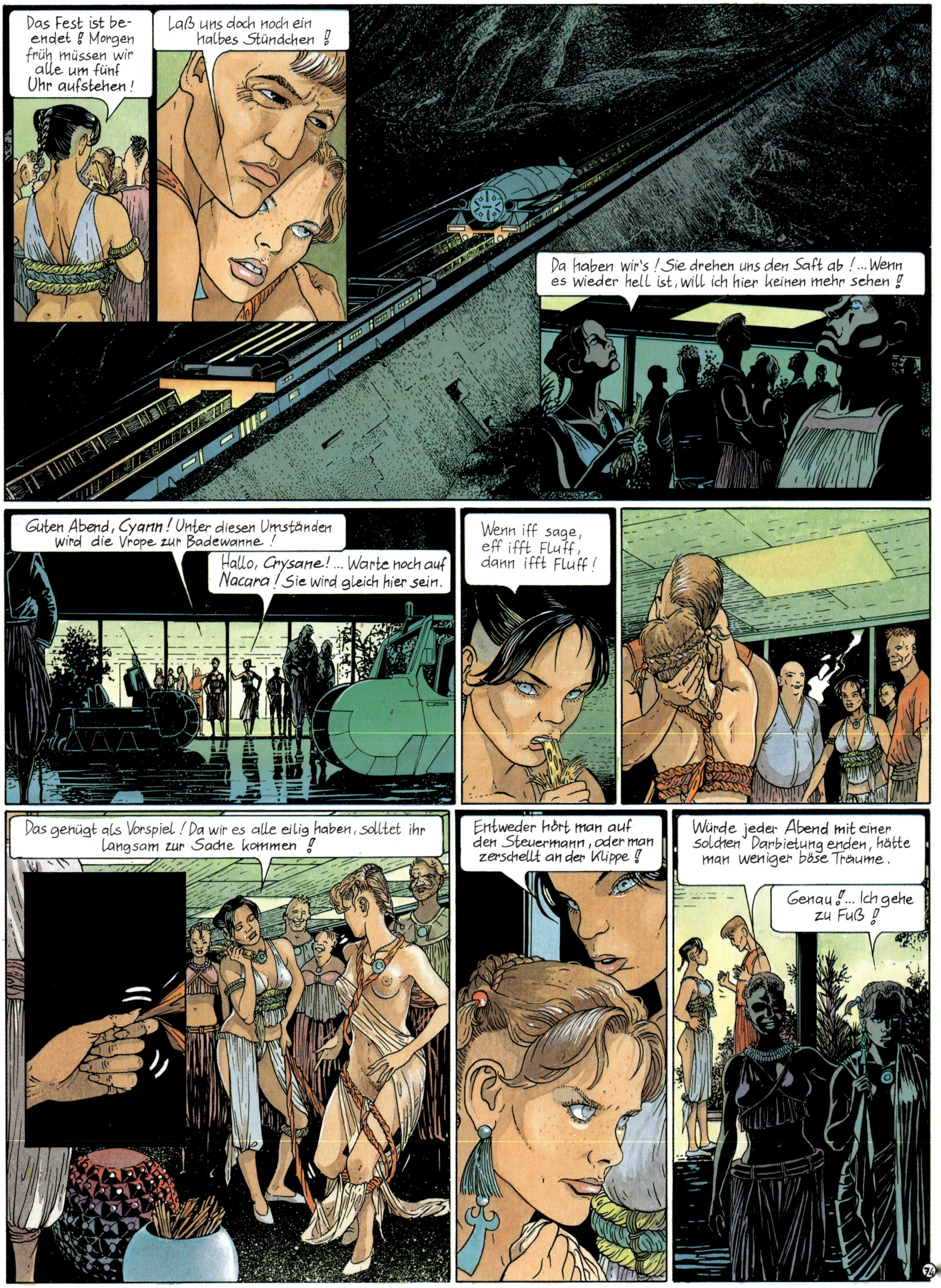
Das Fest ist beendet! Morgen früh müssen wir alle um fünf Uhr aufstehen!
Laß uns doch noch ein halbes Stündchen!
Da haben wir's! Sie drehen uns den Saft ab!... Wenn es wieder hell ist, will ich hier keinen mehr sehen!
Guten Abend, Cyann! Unter diesen Umständen wird die Vrope zur Badewanne!
Hallo, Crysane!... Warte noch auf Nacara! Sie wird gleich hier sein.
Wenn iff sage, eff ifft Fluff, dann ifft Fluff!
Das genügt als Vorspiel! Da wir es alle eilig haben, solltet ihr langsam zur Sache kommen!
Entweder hört man auf den Steuermann, oder man zerschellt an der Klippe!
Würde jeder Abend mit einer solchen Darbietung enden, hätte man weniger böse Träume.
Genau!... Ich gehe zu Fuß!
74

Du hast schon viermal gerufen, und sie ist immer noch nicht wieder da! Ich hätte sie niemals allein gehen lassen dürfen!
Also suchen wir sie. Das ist zwar das, was sie beabsichtigt, aber wir schlafen ruhiger.
Gute Reise, Mädchen! Bis ihr mich gefunden habt, gehört das Schwimmbecken mir!
Sehr gut ... sie ist allein.
Warte nur, meine Süße!
Und der Idiot sprach von einer Dunkelhaarigen!
Da soll sich einer auskennen! Entweder färben sich diese kleinen Stadtnutten die Haare, oder sie bleichen sie!
75

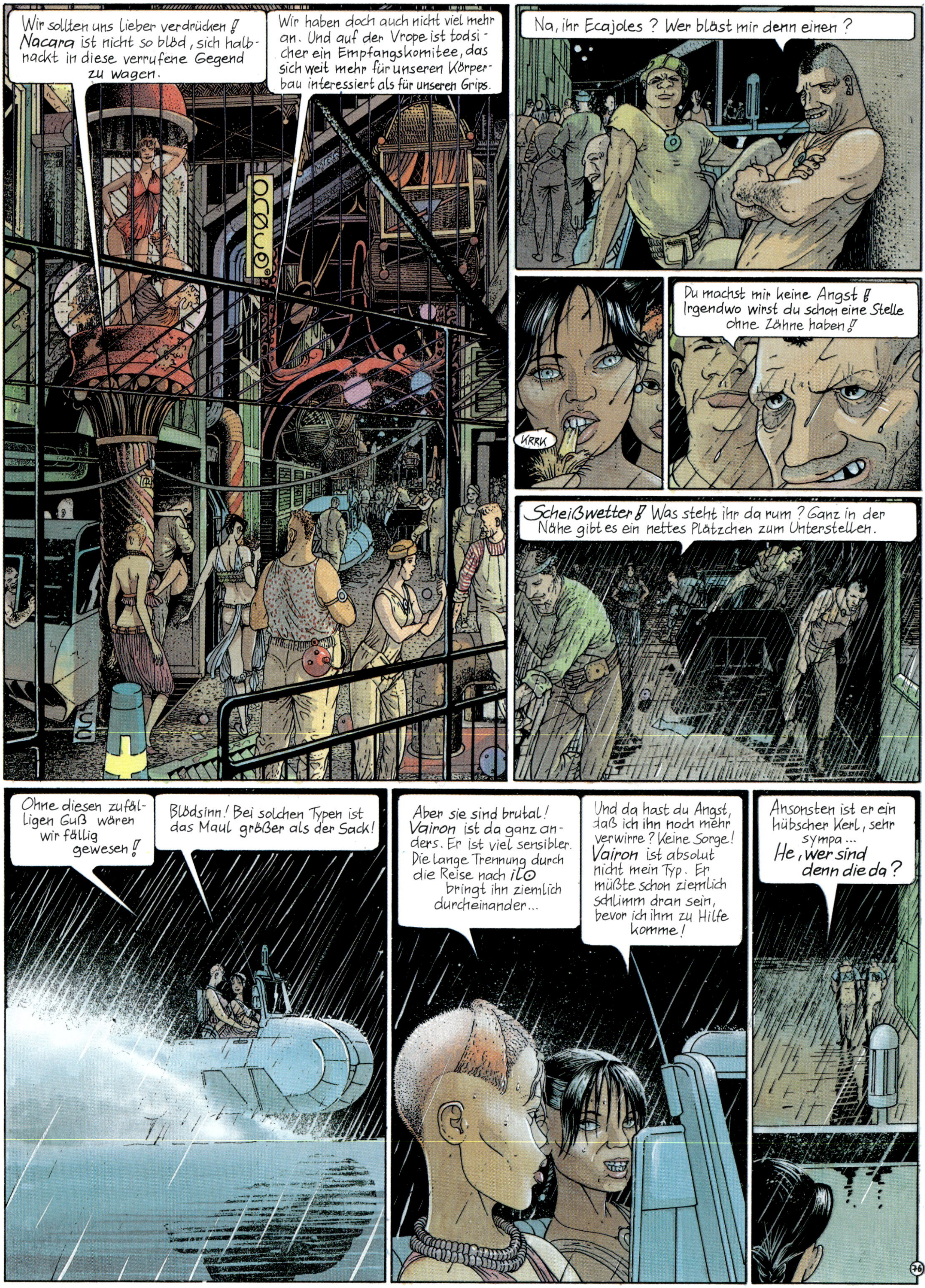
Wir sollten uns lieber verdrücken ! Nacara ist nicht so blöd, sich halbnackt in diese verrufene Gegend zu wagen.
Wir haben doch auch nicht viel mehr an. Und auf der Vrope ist todsicher ein Empfangskomitee, das sich weit mehr für unseren Körperbau interessiert als für unseren Grips.
Na, ihr Ecajoles ? Wer bläst mir denn einen ?
KRRK
Du machst mir keine Angst ! Irgendwo wirst du schon eine Stelle ohne Zähne haben !
Scheißwetter ! Was steht ihr da rum ? Ganz in der Nähe gibt es ein nettes Plätzchen zum Unterstellen.
Ohne diesen zufälligen Guß wären wir fällig gewesen !
Blödsinn ! Bei solchen Typen ist das Maul größer als der Sack !
Aber sie sind brutal ! Vairon ist da ganz anders. Er ist viel sensibler. Die lange Trennung durch die Reise nach iLO bringt ihn ziemlich durcheinander...
Und da hast du Angst, daß ich ihn noch mehr verwirre ? Keine Sorge ! Vairon ist absolut nicht mein Typ. Er müßte schon ziemlich schlimm dran sein, bevor ich ihm zu Hilfe komme !
Ansonsten ist er ein hübscher Kerl, sehr sympa... He, wer sind denn die da ?

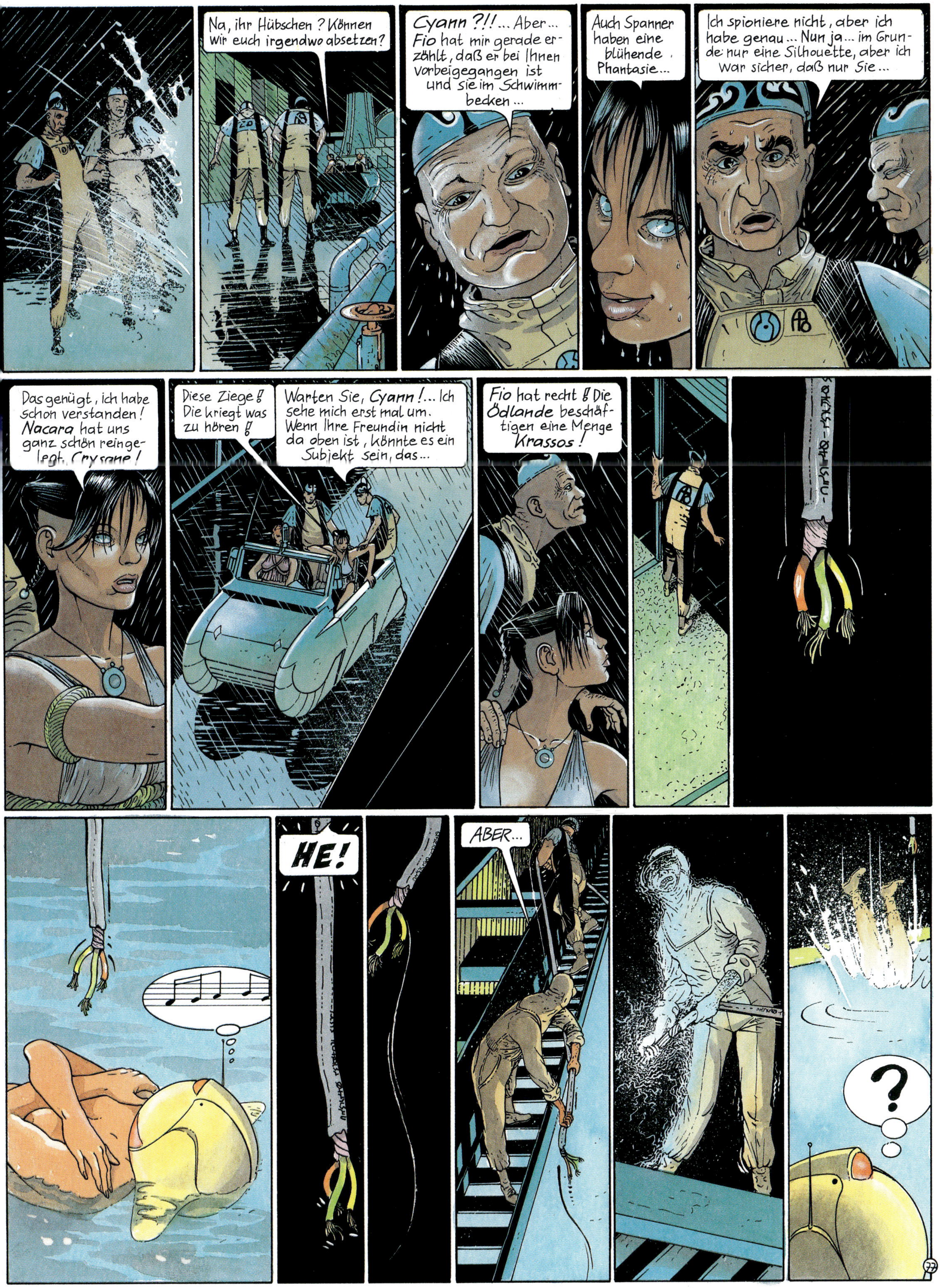
Na, ihr Hübschen? Können wir euch irgendwo absetzen?
Cyann?!!... Aber... Fio hat mir gerade erzählt, daß er bei Ihnen vorbeigegangen ist und sie im Schwimmbecken...
Auch Spanner haben eine blühende Phantasie...
Ich spioniere nicht, aber ich habe genau... Nun ja... im Grunde nur eine Silhouette, aber ich war sicher, daß nur Sie...
Das genügt, ich habe schon verstanden! Nacara hat uns ganz schön reingelegt, Crysane!
Diese Ziege!! Die kriegt was zu hören!!
Warten Sie, Cyann!... Ich sehe mich erst mal um. Wenn Ihre Freundin nicht da oben ist, könnte es ein Subjekt sein, das...
Fio hat recht!! Die Ödlande beschäftigen eine Menge Krassos!
HE!
ABER...
?

Und diesen Affen mußten wir auch noch danken!
Halt mal die Luft an, Gyann! Ohne die deO wäre Nacara tot!
Ich traue diesen Lumpen nicht! Fio hatte keinen Grund, den Angreifer zu töten, um Nacara zu retten ... Es sei denn, er wollte ihn zum Schweigen bringen!
Du leidest an Verfolgungswahn! Vergiß nicht, daß sie dich für die Schwimmerin gehalten haben!
Dieser verdammte Stromschlag! Möglich, daß dich Fios Eingreifen um einen satten Orgasmus brachte ...
Kannst ja mal probieren, wie sich so etwas anfühlt. Aber ohne mich!
Nacara und ich fahren in die Stadt zurück, um die Reisevorbereitungen zu beenden und den Rest der Mannschaft herzuschicken. Bis wir zurück sind, hört ihr nur auf Jadde und Crysane!
Sabotage erfolgreich, Attentat fehlgeschlagen!... Wir müssen doppelt wachsam sein!... Jadde wird eine verstärkte Überwachung organisieren und euch einige Sicherheitsvorschriften auferlegen. Crysane wird eine Untersuchung in die Wege leiten.

Alles klar, Crysane ?... Bei Kleinigkeiten genügt ein Anruf, und wenn es etwas Wichtiges gibt, erreichst du uns alle sechs Tage im Turm der Olsimar.
Sei unbesorgt !
Beeil dich ein bißchen, Cyann! Alles wartet auf uns !
Möchtest du, daß ich Vairon etwas bestelle ?
Sei so gut und vergiß, daß es ihn gibt !
He, he ... Du bist ja wirklich eifersüchtig !

Klasse, ihr Süßen !
Schneller! Schneller!
Höher! Höher!
Ihr versoffenen Säcke ! Die Flußmündung ist mit Lehmsängen verstopft, aber statt uns auf ILO ein Mittel gegen die Seuche zu suchen, lassen diese Gören die Titten vor eurer Nase hüpfen ! Erinnert sie lieber an die schönen Versprechungen des Herrn Olsimar.
Stimmt ... Ich hätte Lust, der kleinen Olsimar meine Schlappen in die Fresse zu werfen !
AUA !!
Diese Dreckskerle !
Bitte nicht! Soll man überall herumerzählen, daß du dein Leben damit zubringst, dich mit Besoffenen zu prügeln ?
YAL! YAL!
YALOR...
Die Stimmung wird schlechter. Die Gegner deines Vaters nutzen die Verzögerung der Expedition dazu aus, das Volk gegen uns aufzuhetzen ! Wir sollten es ab sofort vermeiden, zu den Mino-Becken zu gehen.
Nur das O bringt Heilung ! Dem Tode ist geweiht, wer den born herausfordert !
Und der da ?... Behauptest du immer noch, daß er die Gemüter beruhigt ?
Es hat unter den Predigern immer Eiferer gegeben, aber unsere wirklichen Feinde sind nicht die deO.
81

Mama! Mama! Schau!
Laß mich in Ruhe! Du siehst doch, daß ich mit diesem Herrn rede.
Und vorhin am Strand habe ich schon gedacht, du wärst endlich vernünftig geworden!
Weißt du, was ich sehe?
Die Schaufeln sind voll!
WAS ... ?!!
Beruhige dich, sie kippen nicht! ... Der Aufseher für die Poulmars ist nicht auf seinem Posten!
Er plaudert gerade mit... HE!
WOW! Die fressen sie auf!
NACARA!
Tu was, Nacara! Schnell!
Los, laufen Sie zur Kabine und richten Sie die Schaufeln wieder auf! Ich halte die Poulmars solange in Schach!

YAL!
YAL!
YALOR!
YAL!
YALOR!
Die Füße hoch! Noch höher! ... Entweder Sie lassen mich machen, oder Sie dienen den Poulmars als Nachspeise!
YALOR!
Nacara! Hilfst du mir, oder läßt du dich von dem Kerl da besteigen?!
GrantO!
He! Mondgesicht! Lassen Sie sich nicht ablenken!
Ihre Tierchen werden ein bißchen zudringlich!
Gut festhalten, Cyann! Ich drehe die Schaufeln!
Pfff... wird aber auch Zeit!

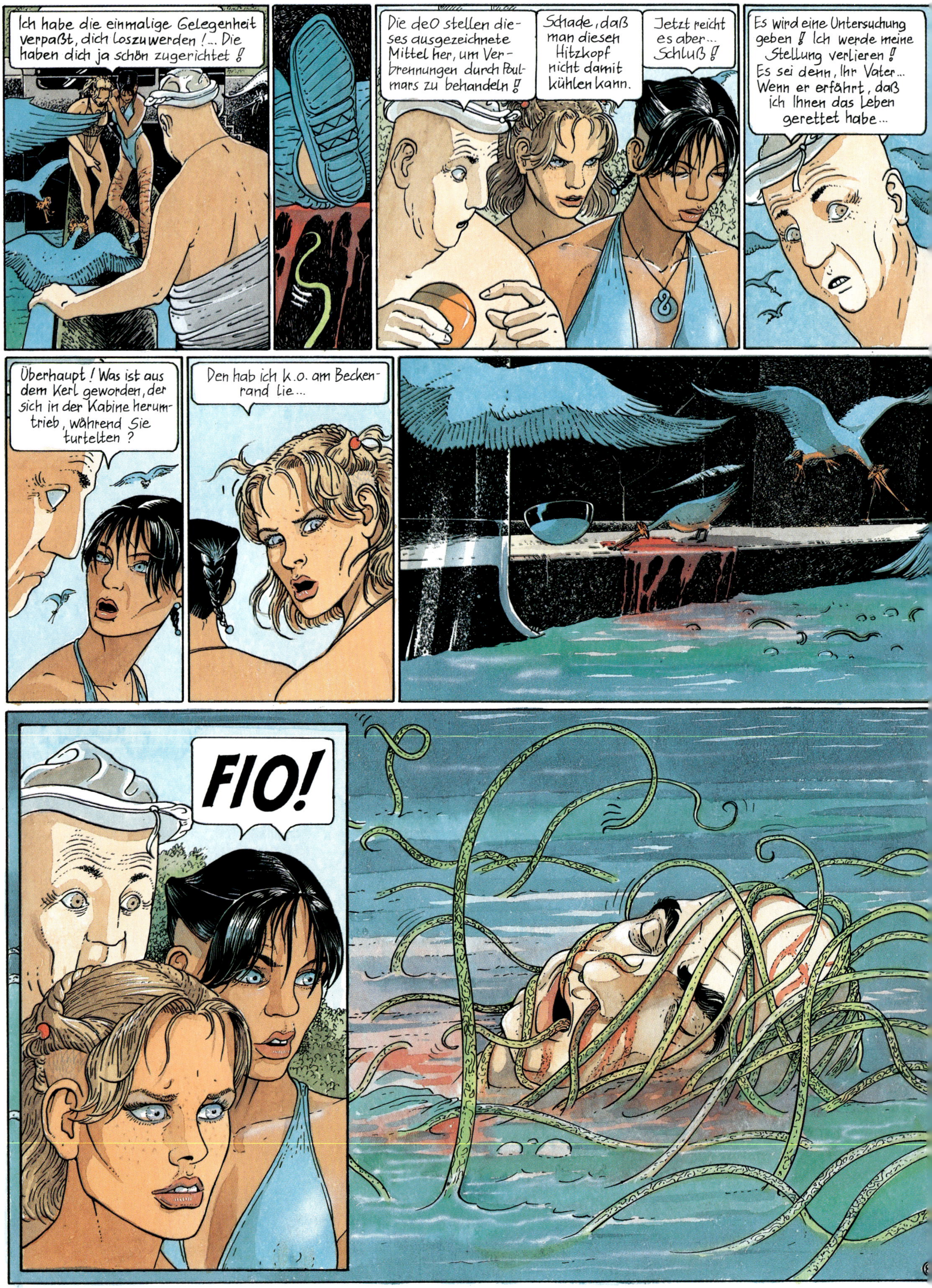

Ich habe die einmalige Gelegenheit verpaßt, dich loszuwerden !... Die haben dich ja schön zugerichtet !
Die deO stellen dieses ausgezeichnete Mittel her, um Verbrennungen durch Poulmars zu behandeln !
Schade, daß man diesen Hitzkopf nicht damit kühlen kann.
Jetzt reicht es aber... Schluß !
Es wird eine Untersuchung geben ! Ich werde meine Stellung verlieren ! Es sei denn, Ihr Vater... Wenn er erfährt, daß ich Ihnen das Leben gerettet habe...
Überhaupt ! Was ist aus dem Kerl geworden, der sich in der Kabine herumtrieb, während Sie turtelten ?
Den hab ich k.o. am Beckenrand lie...
FIO!

NEIN!
Nie wieder wird ein Mitglied des bOrns einen Angehörigen der sOnde angreifen!
Während eines Härtetests, dem sich Cyann unterzog, um zum Wohle aller gegen die Gefahren, die auf ilO lauern, gewappnet zu sein, hat man versucht, sie in das Poulmar-Becken zu stürzen. Der Mann hieß Fio... und war ein deO.
Der bOrn verurteilt einmütig diese barbarische Wahnsinnstat!
Die Untersuchung wird klären, in wessen Auftrag Fio handelte. Bis dahin beantrage ich zum Schutz meiner Familie die Anwendung der vom Imperialen Gesetz abweichenden Testamentsverfügungen.
Die Sonderverfügungen?... Aber... damit würden Sie das Imperium zu Ihrem alleinigen Erben machen, wenn Ihre Nachkommen sterben sollten!
Genau das habe ich vor!
Das ist Verrat!
Ja!... Aber wenn der bOrn glaubt, er könne die Olsimar beerben, irrt er sich!
85

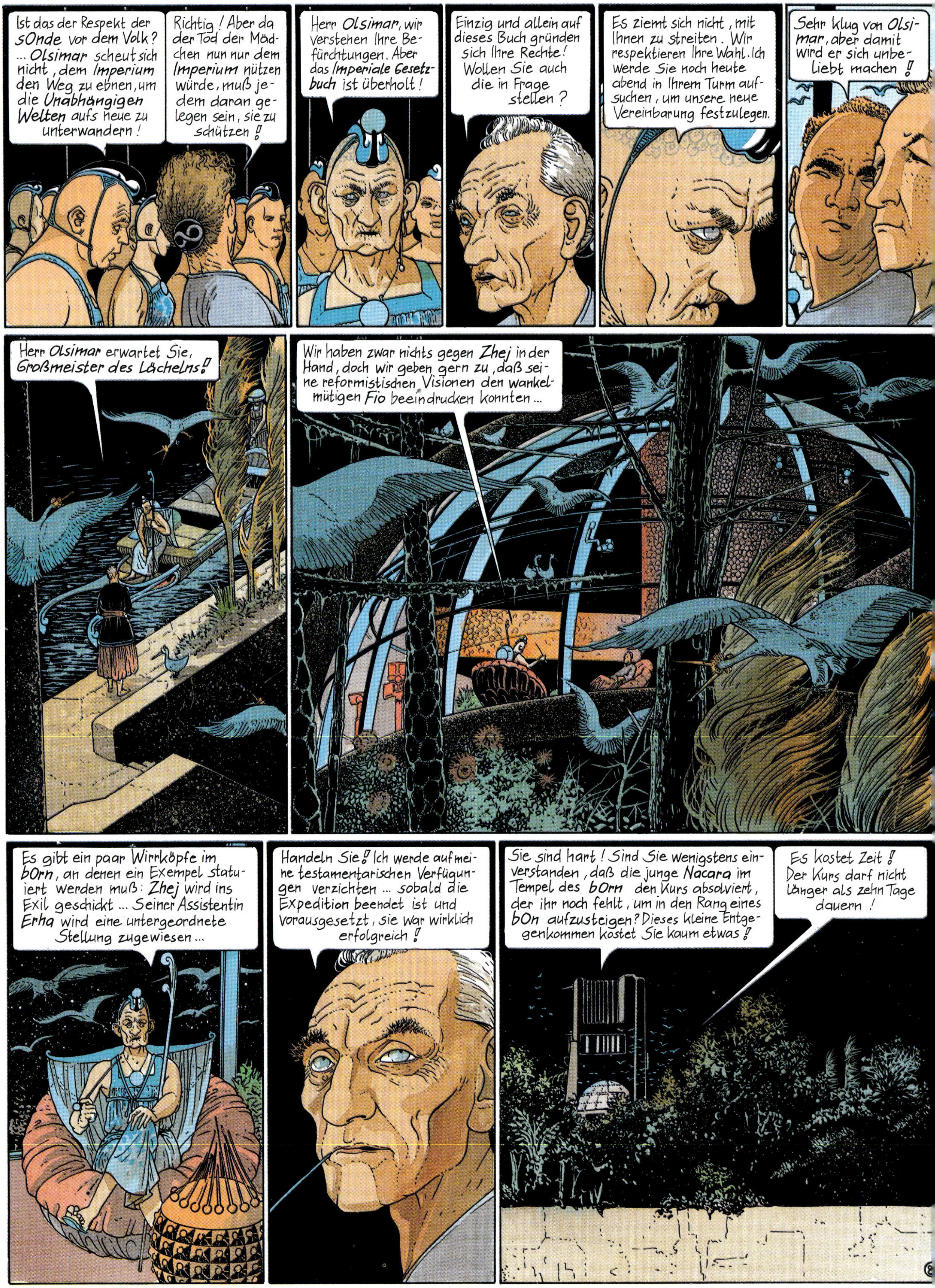
Ist das der Respekt der sOnde vor dem Volk? ... Olsimar scheut sich nicht, dem Imperium den Weg zu ebnen, um die Unabhängigen Welten aufs neue zu unterwandern!
Richtig! Aber da der Tod der Mädchen nun nur dem Imperium nützen würde, muß jedem daran gelegen sein, sie zu schützen!
Herr Olsimar, wir verstehen Ihre Befürchtungen. Aber das Imperiale Gesetzbuch ist überholt!
Einzig und allein auf dieses Buch gründen sich Ihre Rechte! Wollen Sie auch die in Frage stellen?
Es ziemt sich nicht, mit Ihnen zu streiten. Wir respektieren Ihre Wahl. Ich werde Sie noch heute abend in Ihrem Turm aufsuchen, um unsere neue Vereinbarung festzulegen.
Sehr klug von Olsimar, aber damit wird er sich unbeliebt machen!
Herr Olsimar erwartet Sie, Großmeister des Lächelns!
Wir haben zwar nichts gegen Zhej in der Hand, doch wir geben gern zu, daß seine reformistischen Visionen den wankelmütigen Fio beeindrucken konnten...
Es gibt ein paar Wirrköpfe im bOrn, an denen ein Exempel statuiert werden muß: Zhej wird ins Exil geschickt... Seiner Assistentin Erha wird eine untergeordnete Stellung zugewiesen...
Handeln Sie! Ich werde auf meine testamentarischen Verfügungen verzichten... sobald die Expedition beendet ist und vorausgesetzt, sie war wirklich erfolgreich!
Sie sind hart! Sind Sie wenigstens einverstanden, daß die junge Nacara im Tempel des bOrn den Kurs absolviert, der ihr noch fehlt, um in den Rang eines bOn aufzusteigen? Dieses kleine Entgegenkommen kostet Sie kaum etwas!
Es kostet Zeit! Der Kurs darf nicht länger als zehn Tage dauern!

Pff!... Diese täglichen Aufstiege zum Gipfel des Vulkans sind tödlich!
Frag doch Nacara, wem man einen blasen muß, damit man diesen Kurs in zehn Tagen schafft!
Was kümmert dich Nacara? Ihr seid freiwillig hier, ich habe niemanden zu etwas gezwungen!
Entweder ihr haltet jetzt die Klappe, oder ihr werdet nie zu den bOn gehören!
Bin ich froh, daß das vorbei ist!
Ihr ruht euch erst aus, wenn ihr eure Früchte sortiert habt! Nicht eher!

Sehr gut! Sehr gut!
Könnt ihr das nicht bei euch machen ?... Ihr werdet noch ein Kind verletzen !
Unerhört !... Diese Leute denken, die ganze Stadt gehört ihnen !
YALOR!
Bist du wahnsinnig ? Er hat dir nichts getan !
Komm, wir spielen ohne sie !
AUA !
Die Yalors sind noch mehr als zehn Minuten nach ihrem Tod zu aggressiven Reaktionen fähig !
Ach, sieh mal an, unsere liebe Erha mit ihrer netten Besucherschar !
Wie undankbar Ihre Freunde vom born sind ! Sie hätten Ihnen doch erlauben können, den guten Zhej auf seiner Reise ins Exil zu begleiten !
Führerin zu sein ist schließlich keine Schande. Überlegen Sie ! Der kleinste Übereifer, und es ergeht Ihnen wie unserem armen Fio ... Brrr... Mich schaudert bei dieser reizenden Vorstellung !

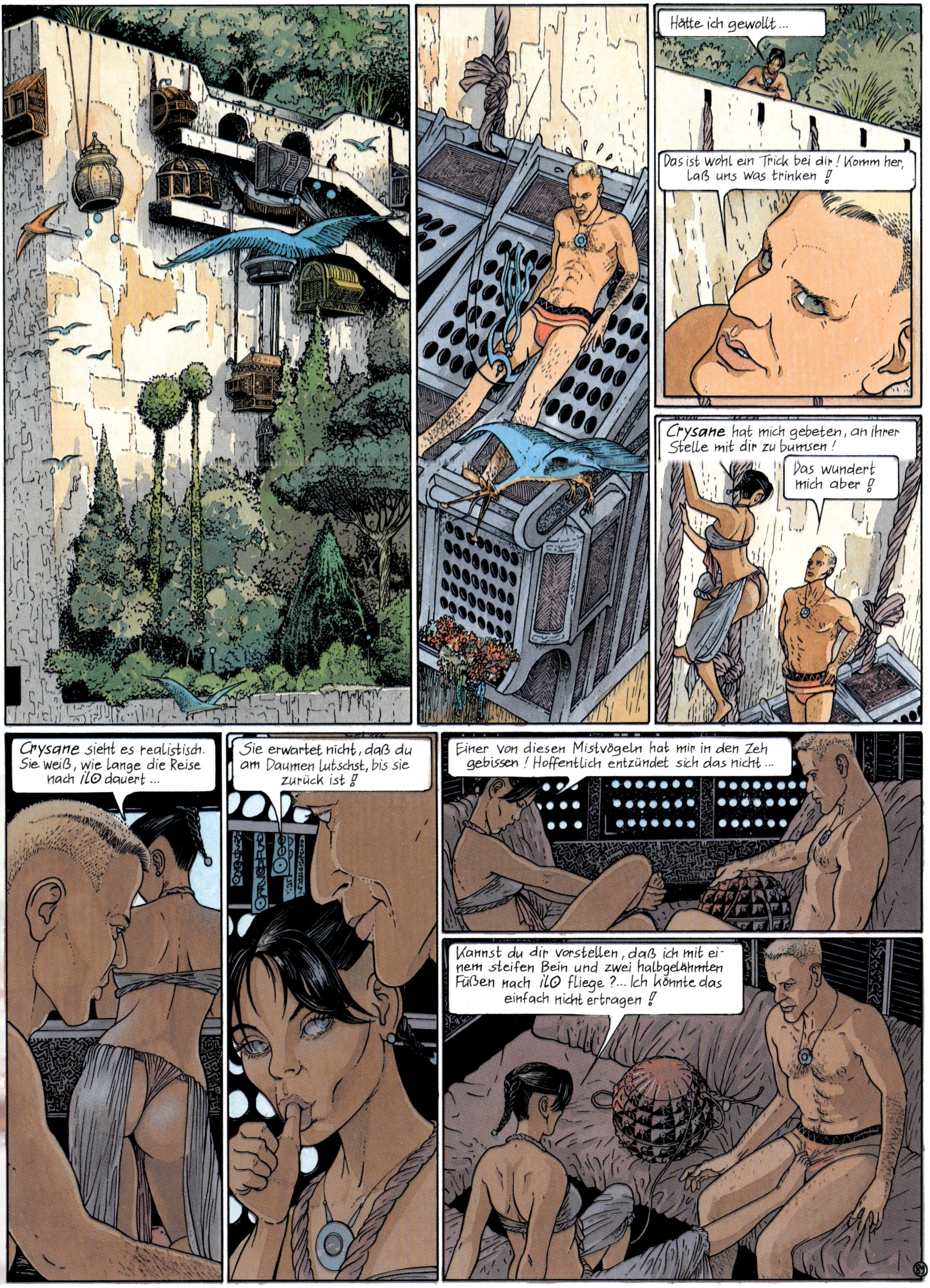
Hätte ich gewollt ...
Das ist wohl ein Trick bei dir! Komm her, laß uns was trinken!
Crysane hat mich gebeten, an ihrer Stelle mit dir zu bumsen!
Das wundert mich aber!
Crysane sieht es realistisch. Sie weiß, wie lange die Reise nach ILO dauert ...
Sie erwartet nicht, daß du am Daumen lutschst, bis sie zurück ist!
Einer von diesen Mistvögeln hat mir in den Zeh gebissen! Hoffentlich entzündet sich das nicht ...
Kannst du dir vorstellen, daß ich mit einem steifen Bein und zwei halbgelähmten Füßen nach ILO fliege?... Ich könnte das einfach nicht ertragen!

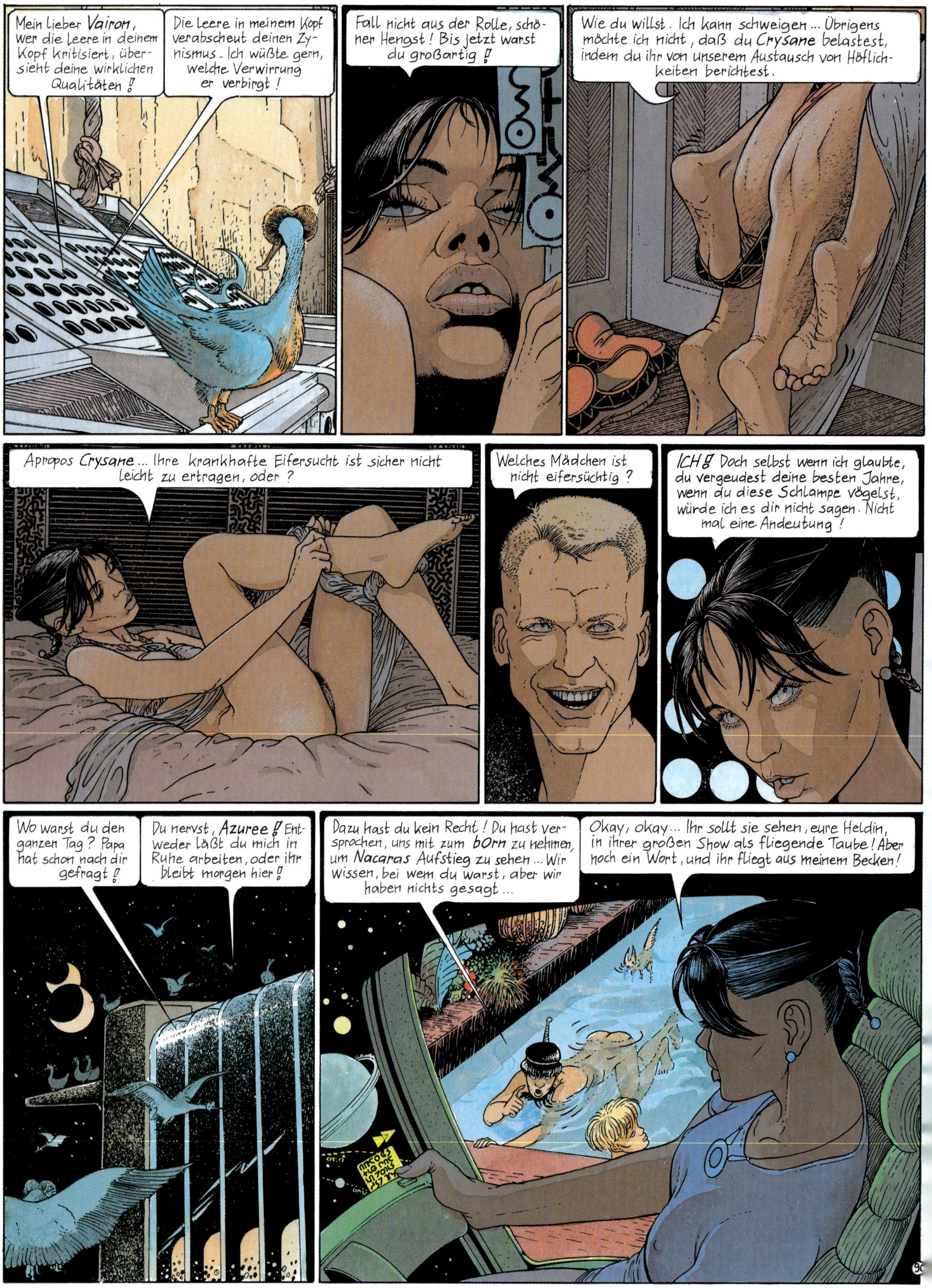

Mein lieber Vairon, wer die Leere in deinem Kopf kritisiert, übersieht deine wirklichen Qualitäten!
Die Leere in meinem Kopf verabscheut deinen Zynismus. Ich wüßte gern, welche Verwirrung er verbirgt!
Fall nicht aus der Rolle, schöner Hengst! Bis jetzt warst du großartig!
Wie du willst. Ich kann schweigen... Übrigens möchte ich nicht, daß du Crysane belastest, indem du ihr von unserem Austausch von Höflichkeiten berichtest.
Apropos Crysane... Ihre krankhafte Eifersucht ist sicher nicht leicht zu ertragen, oder?
Welches Mädchen ist nicht eifersüchtig?
ICH! Doch selbst wenn ich glaubte, du vergeudest deine besten Jahre, wenn du diese Schlampe vögelst, würde ich es dir nicht sagen. Nicht mal eine Andeutung!
Wo warst du den ganzen Tag? Papa hat schon nach dir gefragt!
Du nervst, Azuree! Entweder läßt du mich in Ruhe arbeiten, oder ihr bleibt morgen hier!
Dazu hast du kein Recht! Du hast versprochen, uns mit zum born zu nehmen, um Nacaras Aufstieg zu sehen... Wir wissen, bei wem du warst, aber wir haben nichts gesagt...
Okay, okay... Ihr sollt sie sehen, eure Heldin, in ihrer großen Show als fliegende Taube! Aber noch ein Wort, und ihr fliegt aus meinem Becken!

Ihr Weg ist nur daumenbreit. Ein falscher Schritt, und... Platsch! Die große Zeremonie fällt ins Wasser!
Psst!
Ruhe!
Und jetzt setzt du einen Fuß vor den anderen. Es ist kinderleicht!
Hast du nicht gehört? Du sollst den Mund halten!
YALOR!
Schweinerei!
Sie hätten den Weg nicht verlassen dürfen!
Ihre Cyann, mein Lieber, hat einen seltsamen Sinn für das Heilige!

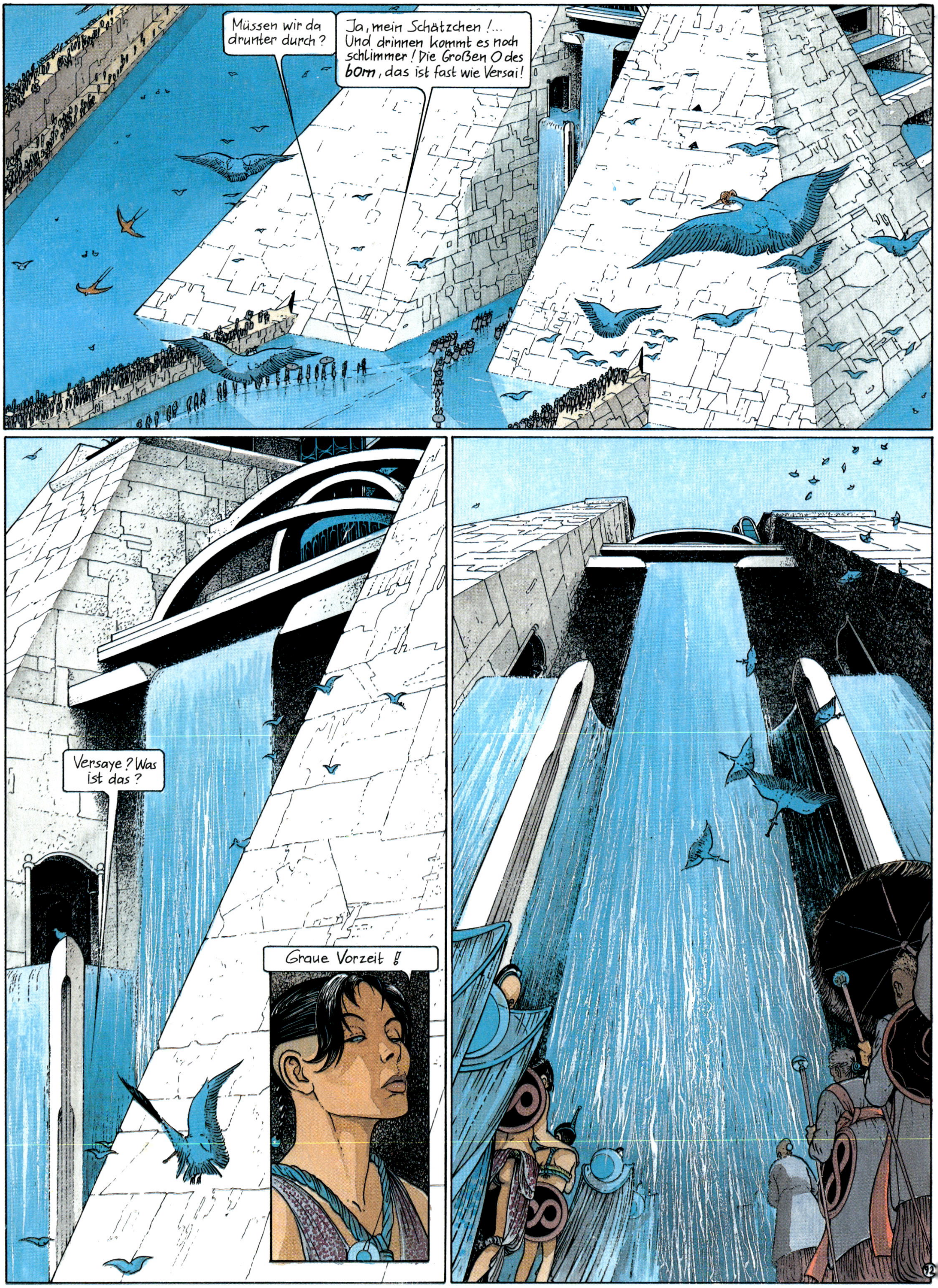
Müssen wir da drunter durch?
Ja, mein Schätzchen!... Und drinnen kommt es noch schlimmer! Die Großen O des born, das ist fast wie Versai!
Versaye? Was ist das?
Graue Vorzeit!

Wow! Sieht ja toll aus! ...Man sagt, sie wird beim Großen Aufstieg bis nach oben getragen, ohne daß irgend etwas sie hält!
Das sagen die deO! Meiner Meinung nach haben sie ihr einen Fahrstuhl zwischen die Arschbacken geklemmt und ihn in den Nasenlöchern festgeschraubt!
Hör auf! Du redest nichts als Scheiße... In Wirklichkeit bist du neidisch auf sie, weil sie bald eine Tätowierung mehr über dem Ohr haben darf!
Was ist, wenn sie ihr den Kopf rasieren oder die Muschi?... Dann würde sie aussehen wie das Ei eines Pampels!
Pfff...!
Zu... ga... be!
23

Schön, dich wiederzusehen ! Du kannst dir nicht vorstellen, was ich alles zu erledigen hatte, während du weg warst ... Bist du nicht zu müde ?
Ich bin völlig erledigt !
Stimmt, du hast abgenommen ... Du warst sowieso nicht gerade fett ...
Hör auf, mich anzustarren, und sag mir lieber, wann es losgeht !
Alles ist bereit ! Crysane kommt heute abend. Wollen mal hören, was sie zu berichten hat !

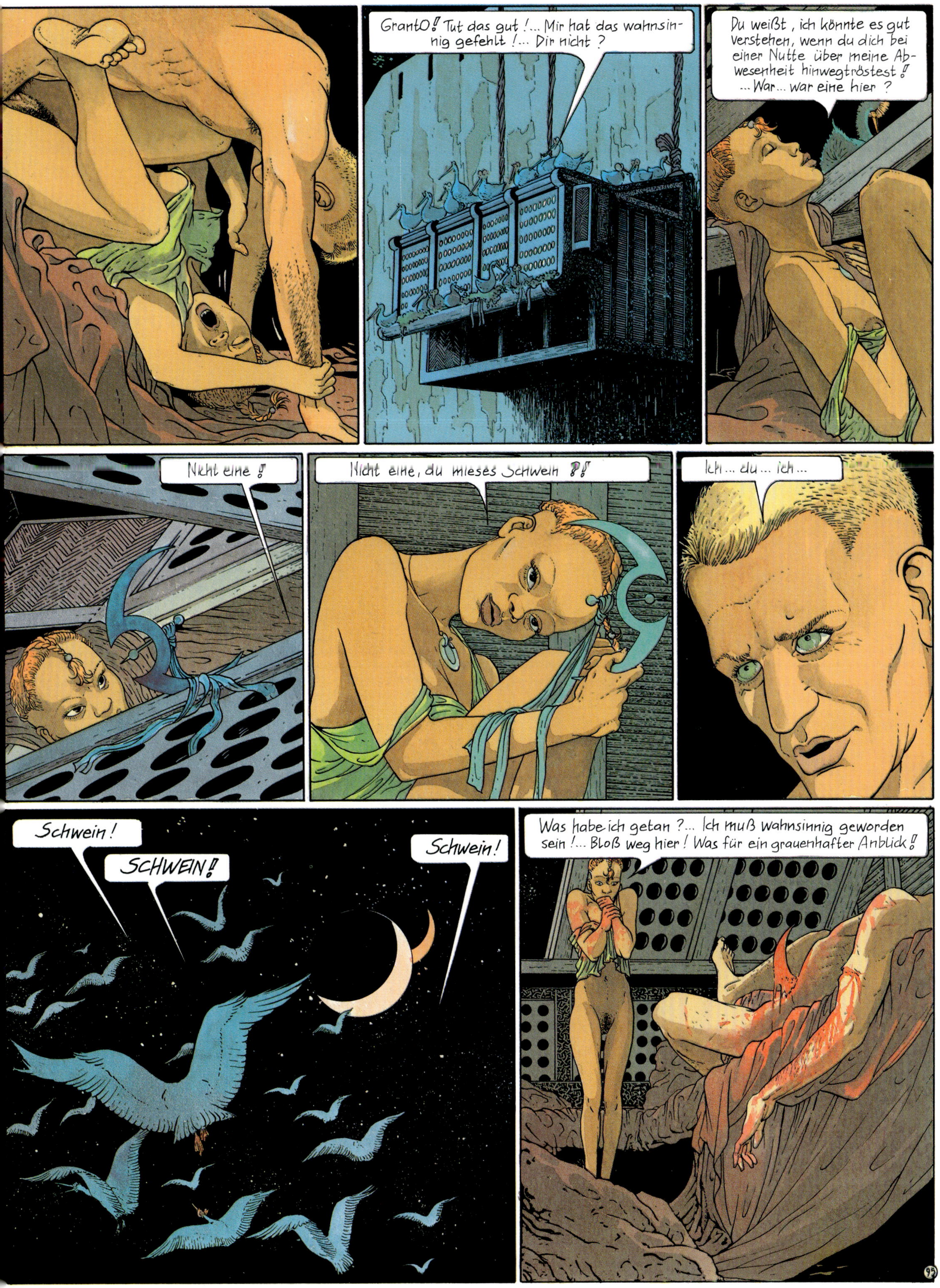
GrantO! Tut das gut!... Mir hat das wahnsinnig gefehlt!... Dir nicht?
Du weißt, ich könnte es gut verstehen, wenn du dich bei einer Nutte über meine Abwesenheit hinwegtröstest! ...War... war eine hier?
Nicht eine!
Nicht eine, du mieses Schwein!!
Ich... du... ich...
Schwein!
SCHWEIN!
Schwein!
Was habe ich getan?... Ich muß wahnsinnig geworden sein!... Bloß weg hier! Was für ein grauenhafter Anblick!

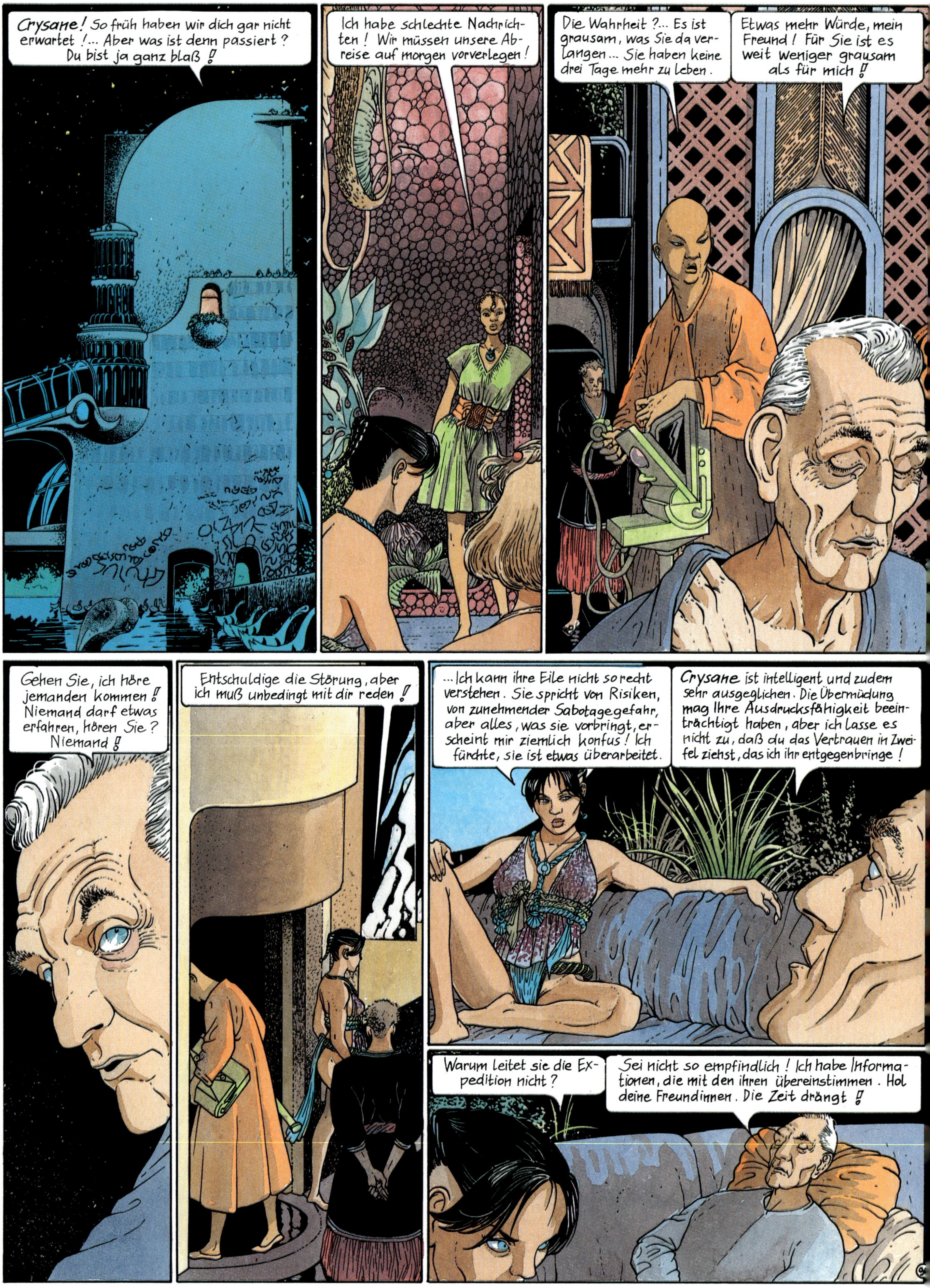
Crysane! So früh haben wir dich gar nicht erwartet!... Aber was ist denn passiert? Du bist ja ganz blaß!
Ich habe schlechte Nachrichten! Wir müssen unsere Abreise auf morgen vorverlegen!
Die Wahrheit?... Es ist grausam, was Sie da verlangen... Sie haben keine drei Tage mehr zu leben.
Etwas mehr Würde, mein Freund! Für Sie ist es weit weniger grausam als für mich!
Gehen Sie, ich höre jemanden kommen! Niemand darf etwas erfahren, hören Sie? Niemand!
Entschuldige die Störung, aber ich muß unbedingt mit dir reden!
...Ich kann ihre Eile nicht so recht verstehen. Sie spricht von Risiken, von zunehmender Sabotagegefahr, aber alles, was sie vorbringt, erscheint mir ziemlich konfus! Ich fürchte, sie ist etwas überarbeitet.
Crysane ist intelligent und zudem sehr ausgeglichen. Die Übermüdung mag ihre Ausdrucksfähigkeit beeinträchtigt haben, aber ich lasse es nicht zu, daß du das Vertrauen in Zweifel ziehst, das ich ihr entgegenbringe!
Warum leitet sie die Expedition nicht?
Sei nicht so empfindlich! Ich habe Informationen, die mit den ihren übereinstimmen. Hol deine Freundinnen. Die Zeit drängt!

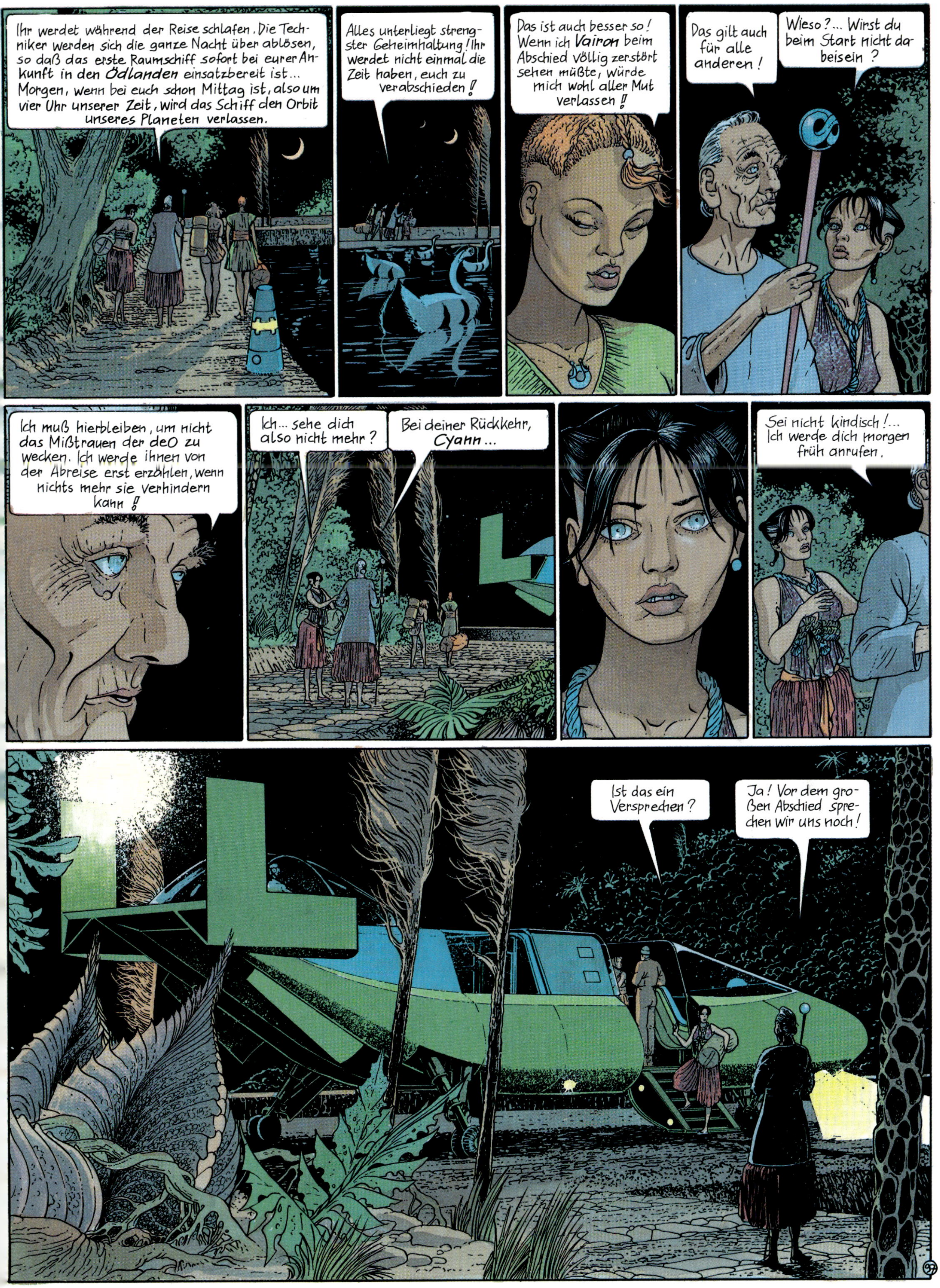
Ihr werdet während der Reise schlafen. Die Techniker werden sich die ganze Nacht über ablösen, so daß das erste Raumschiff sofort bei eurer Ankunft in den Ödlanden einsatzbereit ist... Morgen, wenn bei euch schon Mittag ist, also um vier Uhr unserer Zeit, wird das Schiff den Orbit unseres Planeten verlassen.
Alles unterliegt strengster Geheimhaltung! Ihr werdet nicht einmal die Zeit haben, euch zu verabschieden!
Das ist auch besser so! Wenn ich Vairon beim Abschied völlig zerstört sehen müßte, würde mich wohl aller Mut verlassen!
Das gilt auch für alle anderen!
Wieso?... Wirst du beim Start nicht dabeisein?
Ich muß hierbleiben, um nicht das Mißtrauen der deO zu wecken. Ich werde ihnen von der Abreise erst erzählen, wenn nichts mehr sie verhindern kann!
Ich... sehe dich also nicht mehr?
Bei deiner Rückkehr, Cyann...
Sei nicht kindisch!... Ich werde dich morgen früh anrufen.
Ist das ein Versprechen?
Ja! Vor dem großen Abschied sprechen wir uns noch!
97

Eine Lahme Kiste!
Wie wär's, wenn du uns schlafen ließest?
Du hättest ins erste Schiff steigen sollen, dann hättest du zwei Stunden länger mit deinem Vater reden können.
Hast du denn mit deinem gesprochen?!... Meine Rolle verlangt, daß ich das letzte nehme. Der Countdown läuft. Lazuli wird es den deO mitteilen. Viele Worte wird er nicht machen. Crysane hat mir versprochen, die Verbindung bis zu unserer Ankunft aufrechtzuerhalten, falls er vorher anruft.

Wie ?! Die Mannschaft besteigt soeben das Raumschiff ? Warum hat man mir das nicht früher gesagt ? Was steckt hinter dieser plötzlichen Eile ?
Ich weiß, eure Nächte sind kostbar, und ich würde es niemals wagen, die Harmonie eurer morgendlichen Waschungen mit meinen Reden zu beflecken...
Im Ernst, mein Lieber, diese Reise ist ein Unternehmen von Olsimar. Wir schulden niemandem Rechenschaft ... Hätte ich nur nicht soviel Zeit verschwendet, um Ihnen gefällig zu sein !
Um die alten Herren des born für sich einzunehmen, haben Sie Nacara bei den Kursen behindert. Aber die Seuche breitet sich aus und fordert täglich Opfer. Da alles bereit ist, wäre es ein Verbrechen, noch länger zu warten.
Und von hier haben wir bei schönem Wetter einen wundervollen Blick ...
Hm... es regnet immer nur kurz !
Es hier sehr stinken !
Da haben Sie recht ... Es liegt ein leichter Verwesungsgeruch in der Luft ...
99

Regelrecht abgeschlachtet!
Das ist die Blaue Sichel von Cyann, da bin ich ganz sicher! Ich war dabei, als man sie ihr gab!
So, so...
Das ist noch nicht alles... Ich bin ihr erst vorgestern hier begegnet ... Sie hat einen dieser armen Vögel umgebracht und schien geradezu von einem Blutrausch gepackt zu sein!!
Oje, oje! Wir werden Herrn Olsimar belästigen müssen. Sehr unangenehm!!
Die Justiz ist nichts für die Großen!!
Für mich besteht kein Zweifel, daß Cyann auch Fio umgebracht hat!
Ich gehe zum Turm, um Olsimar zu informieren, daß wir seiner Tochter ein paar Fragen stellen müssen. Sag dem Chef, er soll schnellstens einen verantwortlichen Mann herschicken. Mir ist die Sache zu heiß!!
Diese Erha ist eine, die die Massen aufhetzt. Bring lieber ein paar kräftige Männer mit!!
Dieses Mal müssen sie sich schon was einfallen lassen, um uns zum Umkehren zu bewegen, Cyann!
Weißt du was? Die können mich mal!

Sie haben ihr versprochen, sie anzurufen!
Sie ist noch nicht auf dem Schiff!... Und außerdem ... Sie weiß sehr gut, was sie zu tun hat! Was sollte ich ihr also erzählen?
Dein Schweigen ist wie ein Vorwurf. Hast du etwa geglaubt, ich würde auf einmal den liebenden Vater spielen? Lächerlich!
Gut... Du hast gewonnen... Ich werde ein paar Worte mit ihr reden!
Zu spät... Da kommen Leute, die kaum geneigt sein werden, sie plaudern zu lassen!
Ruhe! Und keinen Schritt weiter!
Sie werden Cyann verhaften! Das muß ich sehen!
Wurde auch Zeit! So, wie die Majo uns verachten...
Einen Stich gibt es mir ja schon...
Es ist zum Kotzen, ja... Wenn man bedenkt, daß wir unsere Haut für ein paar Idioten riskieren, die uns schon vergessen haben!
101

Gut, daß Sie gekommen sind. ...Dieser Fall übersteigt meine Befugnisse...
Richtig! Sie hätten niemals zu Olsimar gehen dürfen, ohne sich unserer Unterstützung versichert zu haben!
Ich wollte ihn nicht verhören, sondern vor der aufgebrachten Menge schützen... Nun, wie dem auch sei, er behauptet, seine Tochter befinde sich im Transfer zum Raumschiff.
Das macht die Sache nicht leichter. Wir haben gegen Cyann nur ein paar Verdachtsmomente, die durch die Untersuchung des Opfers dahinschmelzen könnten wie Schnee in der Sonne...!
Die Abreise verschieben, nur um Cyann ein paar Fragen zu stellen?!! Mein armer Freund! Man würde sie für die furchtbaren Folgen einer solchen Entscheidung zur Verantwortung ziehen!... Und hätte sie sich dieser erbärmlichen Tat schuldig gemacht, wäre es noch schlimmer. Niemand würde Ihnen verzeihen, daß Sie das Imperium zu meinem Alleinerben gemacht haben!
Diese Tat ist so grauenhaft, daß ich mir nicht vorzustellen vermag, daß Ihre Tochter... Und doch...
Und doch brauchen Sie einen Schuldigen?... Den haben Sie, mein Lieber...! Ich kenne die ganze Wahrheit und habe die Pflicht, sie bekanntzumachen. Doch meine Kräfte lassen nach. Schaffen Sie mir diese grölende Menge vom Hals!
Geh zum Turm, aber sei vorsichtig! Deine Botschaft muß die letzte sein, die sie erreicht. Denk dir etwas aus, aber bring Cyann dazu, daß sie darauf verzichtet, mit mir zu sprechen. Und befiehl ihr, die Startzeit unter allen Umständen einzuhalten!
Warte! Auf kein Fall darf Sie wissen, wie es um mich steht, oder von dem Mord an Vairon erfahren! Es fehlte noch, daß sie sich selbst der Tat bezichtigt, nur um mir zu helfen!... Geh!

Zu den Fakten ! Vairon versuchte, Crysane die Reise auszureden. Als ich ihn aufsuchte, um ihn zur Vernunft zu bringen, sah ich die Blaue Sichel. Ich befürchtete, der Junge würde versuchen, auch meine Tochter davon abzubringen. Mein Blut geriet in Wallung ... In einem plötzlichen Wutanfall griff ich nach der Sichel ... Es war dumm ... Ich habe ihn getötet !
Dann habe ich den Start des Raumschiffs beschleunigt, damit Cyann von dem Vorfall nichts erfährt und im Interesse aller ihre Mission unbelastet zu Ende führen kann...
Das ... das ist nicht Ihr Ernst !
Sie zweifeln an meinen Worten ? Sie riskieren den Aufschub der Expedition, bis Sie einen Schuldigen haben ?... Sie haben selbstmörderische Instinkte, mein Lieber !
Hmm ... dieser Fall übersteigt meine Kompetenzen ! Ich werde dem Rat berichten müssen ...
Anders gesagt, Staatsräson geht über Menschenverstand !
Ein guter Rat : Vergessen Sie alles, was Sie gehört haben ! Und nun stellen Sie mir eine Verbindung zum Großen Rat her.
Ob er seine Tochter nun retten will oder nicht, der alte Fuchs führt uns an der Nase herum. Aber wir riskieren weniger, wenn wir sie laufenlassen ...
... statt dem Imperium die Olsimar-Konzessionen auf einem silbernen Tablett zu servieren ! ... In Ordnung ... Gut ... Ich erwarte Ihre Anweisungen ...
Was ist nun ?... Verhaften wir Olsimar, oder stoppen wir das Raumschiff ?
Der Befehl, den Start des Raumschiffs zu verschieben, dürfte uns erreichen ... sobald es unseren Planeten verlassen hat !
... Cyann ist nicht an Bord ? Wie ? ... In ein paar Minuten ? Nein, nein ! ... Ich kann nicht warten ! Übermitteln Sie ihr bitte folgendes, sobald sie da ist ...
Herr Olsimar verlangt, daß sie keiner Anweisung Folge leistet, die zu einer Verschiebung des Starts führt. Die deO sind wütend, daß man sie vor vollendete Tatsachen gestellt hat. Er mußte sich zum bOrn begeben, um sie zu besänftigen. Cyann muß darum auf seinen Anruf verzichten ...
Mitteilung erhalten 5/5 !
103

Sagen Sie ihr, daß sie sein volles Vertrauen besitzt, was immer sie getan hat. Sie soll wissen, daß ihr Vater stolz auf sie ist, daß er sie innig liebt und daß er es bis heute bereut, ihr das niemals gesagt zu haben ...
Mitteilung erhalten. ... Cyann kommt mit dem Simar-ILO. Ich werde ihr alles ausrichten ... Ende!

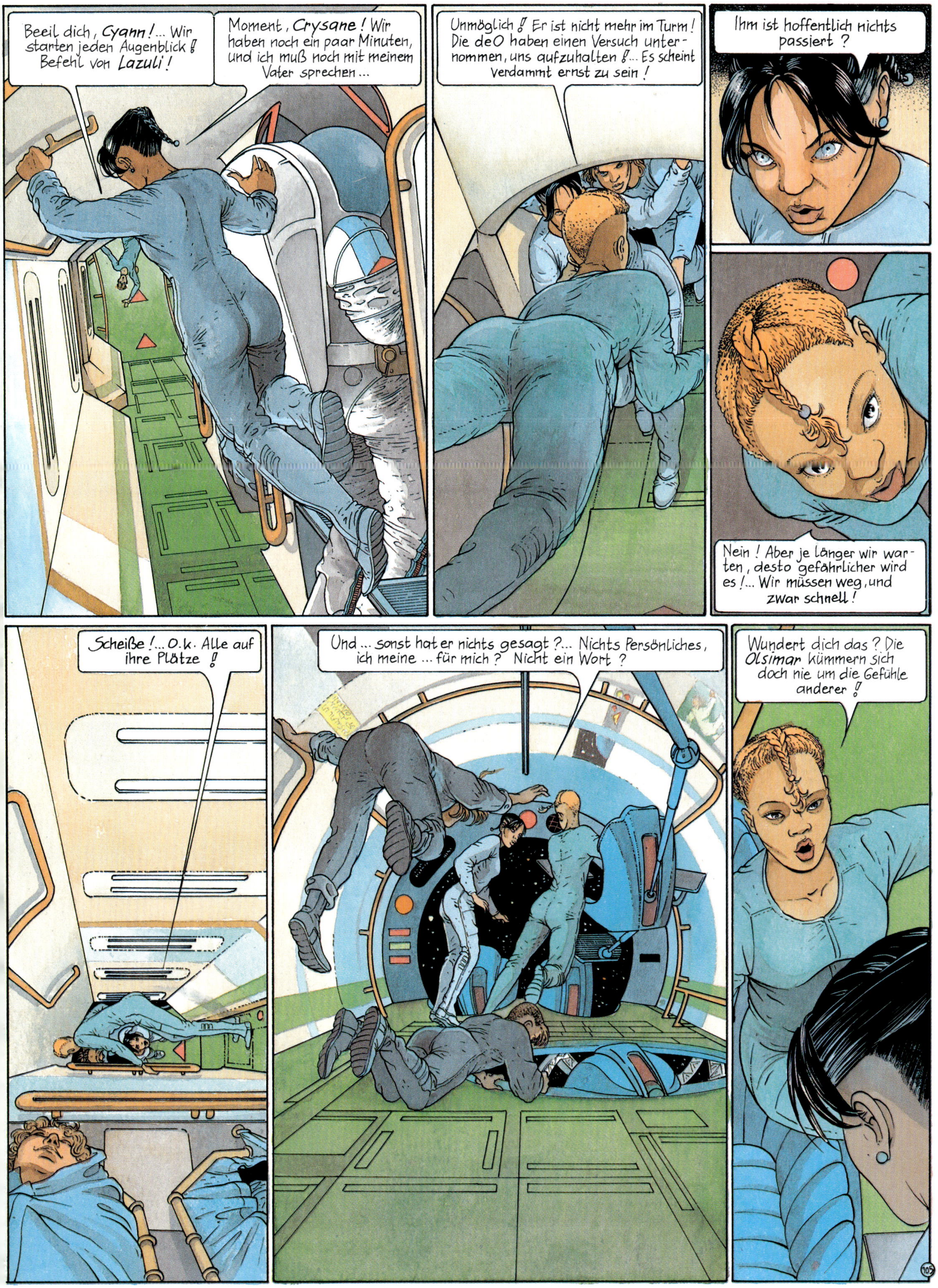
Beeil dich, Cyann!... Wir starten jeden Augenblick! Befehl von Lazuli!
Moment, Crysane! Wir haben noch ein paar Minuten, und ich muß noch mit meinem Vater sprechen...
Unmöglich! Er ist nicht mehr im Turm! Die deO haben einen Versuch unternommen, uns aufzuhalten!... Es scheint verdammt ernst zu sein!
Ihm ist hoffentlich nichts passiert?
Nein! Aber je länger wir warten, desto gefährlicher wird es!... Wir müssen weg, und zwar schnell!
Scheiße!... O.k. Alle auf ihre Plätze!
Und... sonst hat er nichts gesagt?... Nichts Persönliches, ich meine... für mich? Nicht ein Wort?
Wundert dich das? Die Olsimar kümmern sich doch nie um die Gefühle anderer!

Schick eine Nachricht zum Turm!... Dann hat er sie bei seiner Rückkehr.
Laß mich! Ich habe ihm nichts zu sagen!
Dann sag ihm nichts, aber sprich mit ihm! Er ist sehr krank! Und unsere Reise dauert lange. Sei nicht so stur! Solche Versäumnisse verfolgen einen manchmal ein Leben lang.
Hast du den Code des Turms? Ich...
Schon gut...
Hallo, hier ist Gyann! Ich weiß, es ist dir egal, aber... Du wirst mir fehlen... Ende!
„Du wirst mir fehlen!"... Granto! Großartig! Ihr habt immer aneinander vorbeigeredet!
Du wolltest diese Reise? Du wolltest dieses Abenteuer? Da hast du sie!... Und jetzt halt die Klappe!

Du wirst mir fehlen ... Ende !
... 4 ... 3 ... 2 ... 1 ... Zero !
107

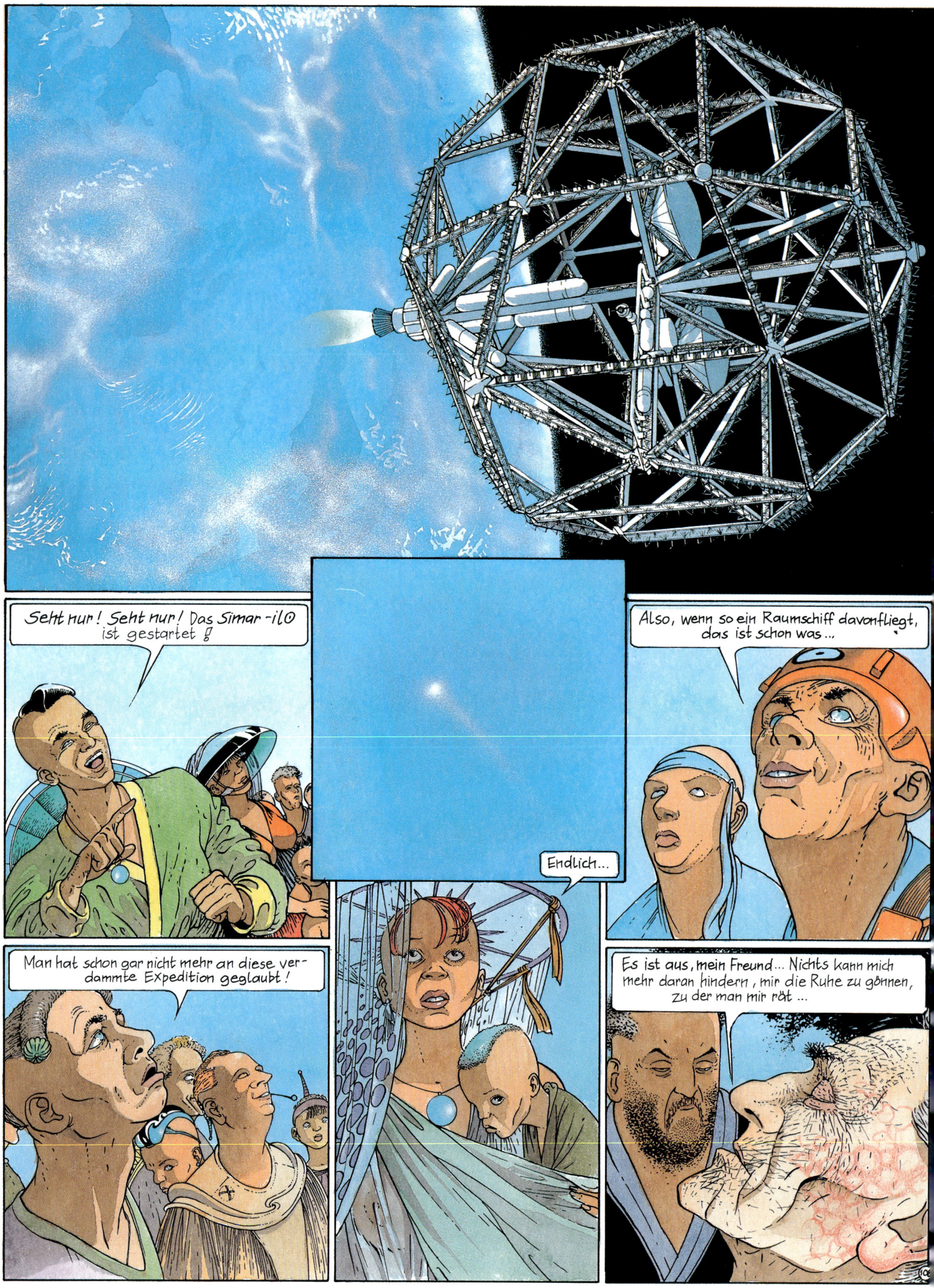
Seht nur! Seht nur! Das Simar-ilO ist gestartet !!
Also, wenn so ein Raumschiff davonfliegt, das ist schon was...
Endlich...
Man hat schon gar nicht mehr an diese verdammte Expedition geglaubt!
Es ist aus, mein Freund... Nichts kann mich mehr daran hindern, mir die Ruhe zu gönnen, zu der man mir rät...

Er hat gewonnen ... Er hat mich auf der ganzen Linie reingelegt ...
Sei still ... Sonst redest du noch mehr Unsinn !
Niemals, nein ! ... Nie wieder macht er das mit mir ! ... Seine nächste große Reise kann er allein machen ...
Pssssssst ...